Olga

Bernhard Schlink

オルガ

ベルンハルト・シュリンク
松永美穂 訳

CREST BOOKS
Shinchosha

オルガ

OLGA
by
Bernhard Schlink

By arrangement through Meike Marx Literary Agency, Japan

The poem in chapter 21, first part, quotes Herbert Schröder Stranz
"Süd-West. Kriegs und Jagdfahrten"
Berlin 1910/1911, p. 111

Illustration by Misato Ogihara
Design by Shinchosha Book Design Division

第一部

1

「この子は、手がかからないはずよ。立って周りを見てるだけで大満足なんだから」

母親から娘を預かった隣の女性は、当初その言葉を信じようとしなかった。しかし、まったくその通りだった。一歳の女の子は、キッチンに立って、次々にいろんなものを眺めていた。四脚の椅子のあるテーブル、食器棚についた配膳台、鍋とひしゃくの置かれたかまど、流し台。その上には洗面所と同じように鏡が掛けられている。それから窓、カーテン。最後は、天井からぶら下がったランプ。そのあと、女の子は何歩か歩いて開きっぱなしの寝室のドアまで行き、そこでまた、すべてを眺めるのだ。ベッド、ナイトテーブル、たんす、引き出しのついた戸棚、窓、カーテン、そして最後にランプ。両親のアパートとほとんど変わらない間取りで、家具も似たり寄ったりなのに、その子はおもしろそうにじっと見つめていた。隣の女性は、小さくて無口な女の子が二部屋のアパートにあるものをすべて見てしまったと考えると――トイレは階段の踊り場にあった――、今度は窓際の椅子に登らせてやった。

貧しい地区で、背の高い建物の後ろには狭い中庭があり、それからまた建物が建っている。狭い通りは、たくさんの建物や路面馬車から出てきた人たちで一杯だった。売り物のじゃがいもや野菜や果物を載せた手押し車。体の前に抱えた売り箱から、がらくたやタバコ、マッチなどを売る男女。新聞を売る少年たち、自分自身を売る女たち。街角には男たちが立って、チャンスを、何かしらのチャンスをうかがっていた。十分おきに二頭の馬が、レールに乗った馬車を引っぱってきた。小さな女の子はそのたびに拍手をした。

大きくなってからも、その子は立って、周りを眺めようとした。歩くのが苦手だったわけではない。機敏に、確実な足取りで歩くことができた。でもその子は周りを観察し、起こっていることを理解しようとした。両親はほとんど互いに話をせず、子どもと話すことも少なかった。その子が言葉を覚え、理解したのは、隣の女性のおかげだった。隣の女性は話し好きで、転落事故に遭って働けなくなっていたので、しばしば子どもを預かってやった。子どもと外出するとき、彼女はゆっくりとしか歩けず、しょっちゅう立ち止まらなければならなかった。しかし、彼女は目に見えるすべてについて話し、説明し、コメントしたり教えたりしたので、女の子はいくらでも聞きたがった。ゆっくり歩いたりしょっちゅう立ち止まったりするのも、女の子にとっては願ったり叶ったりだったのだ。

この子はもっと他の子どもと遊ぶべきだ、と隣の女性は思った。しかし薄暗い中庭や建物の玄関ホールには、乱暴な子どもたちがいた。自己主張したい者は闘わねばならず、闘わない者はいじめられた。子どもたちの遊びは、楽しみのためというよりは生存競争の準備のようだった。女の子は怖がりでも気弱でもなかった。ただ、遊びに気持ちが向かないのだった。

女の子は就学前に読み書きができるようになった。隣の女性は、読み書きを覚えてしまうと学校で退屈するだろうと思い、最初は字を教えないつもりだった。でも、結局は教えてやり、女の子は女性の家にあるものを何でも読むようになった。グリム童話、ホフマンの『百五十の道徳的なお話』、『人形ヴンダーホルトの運命』、『もじゃもじゃペーター』。女の子は立ったまま、配膳台つきの食器棚や窓辺にもたれ、長いこと読書をしていた。

　もし読み書きを覚えていなかったとしても、女の子はやっぱり学校で退屈しただろう。教師はステッキで殴りながら生徒たちに文字を叩き込んだ。教師のあとについて発音したり、手本に従って写したりする授業は殺伐としていた。女の子は算数の授業で計算を熱心に学んだ。計算ができれば、買い物のときに釣り銭をチェックできるからだ。音楽の授業で歌を歌うのも好きだったし、社会科の授業では、先生が遠足に連れていってくれた。そうやって、女の子は故郷の町ブレスラウ（現在はポーランド南西部ヴロツワフ）と、その近辺のことを学んでいった。

2

　女の子は、自分の家が貧しいことに気づいた。学校は赤煉瓦の新しい建物で、窓枠や付け柱は黄色の砂岩でできていた。学校はその地区の他の家々よりも美しかったが、だからといって、他の家々がみすぼらしいわけではなかった。学校は学校だった。でも、広い道路に沿って並ぶどっしりとした集合住宅や、庭付きの屋敷、壮麗な役所の建物、ゆったりした広場や緑地を見、川の岸辺や橋の上などで思い切り深呼吸したときに、自分の住む地区には貧しい人々がいて、自分もその一人だと悟った。

女の子の父親は港湾労働者で、仕事がないときは家にいた。母親は洗濯女で、裕福な人々から預かった洗濯物を束にして頭に載せ、家に運んできた。それらを洗濯してアイロンをかけ、シーツにくるむと、また頭に載せて運び、届けるのだった。来る日も来る日も働いてばかりいたが、仕事は大した金にならなかった。

石炭の積み替えの際に何日も徹夜して、着替えすらできなかったので、女の子の父親は病気になった。頭痛、めまい、発熱——母親は湿らせた布で、夫の額やふくらはぎを冷やした。彼の腹や肩に赤い発疹を見つけて驚いた母親は、医者を呼んできたが、そのときにはすでに彼女自身もめまいに襲われ、熱が出ていた。医者は発疹チフスと診断し、二人を入院させた。女の子との別れは慌ただしいものだった。

子どもは二度と、両親に会うことはなかった。伝染してはいけないという理由で、病院に見舞いに行くことも許されなかった。預かってくれた隣の女性からは、きっとよくなると聞かされていたが、一週間後に父親が死に、十日後には母親も亡くなった。女の子は隣の女性のところで暮らしたいと思った。隣の女性もそれが可能であれば、喜んで育ててくれたことだろう。しかし、父方の祖母が、その子を自分が住むポンメルン地方（現在のポーランド北西部からドイツ北東部）に引き取る決心をした。

祖母が来て両親の葬儀を執り行い、家具を売り払って女の子の転校の手続きをした数日のあいだにもう、二人の関係はぎくしゃくし始めた。祖母はもともと、息子の結婚に反対だったのだ。自分がドイツ人であることに誇りを感じていた祖母は、オルガ・ノヴァックがドイツ語を流暢に話せたにもかかわらず、息子の嫁として受け入れることを拒否した。その結婚で生まれた女の子に母親と同じ名前をつけることにも、祖母は反対していた。自分が引き取るからには、スラブ系の名前ではなく、ドイツ人の名前に変えるべきだと考えていた。

しかしオルガは、名前を変えられるのを拒んだ。祖母がスラブ系の名前の欠点と、ドイツの名前に変えた場合の利点について説明しようとすると、理解できない様子でその顔を見つめた。エーデルトラウトからヒルデガルトまで、祖母がいいと思うドイツ系の名前をあれこれ提案しても、そこから選ぶのを断った。それならもういい、あんたのことはヘルガと呼ぶから、ヘルガならオルガとほとんど同じでしょ、と祖母が言うと、女の子は腕を組み、もう話をせず、ヘルガと呼ばれても反応しなかった。ブレスラウからポンメルンまでの車中も、到着後の数日間も、そんな具合だった。ついに祖母が折れた。しかし、オルガはそれ以来、祖母にとっては反抗的でしつけの悪い、感謝することを知らない子どもと見なされたのだった。

オルガにとっては、知らないものばかりだった。大都会に住んでいたのに、いまでは小さな村で野原に囲まれ、たくさんのクラスがある女子校に通っていたのに、いまでは男も女も同じ一室だけの学校に通い、賑やかなシュレジア人たちのところから物静かなポンメルン人のところに来て、心優しい隣の女性の代わりに無愛想な祖母と暮らし、以前は読書する時間があったのに、いまでは畑や庭で働かなくてはいけない。女の子は、貧しい子どもたちが幼少期からそうするように、自分の運命に従った。それでも、ほかの子どもたちより多くを求めていた。より多く学び、多くを知り、多くのことができるようになることを。祖母の家には本もピアノもなかった。オルガは先生にしつこくせがんで、先生の書斎にある本を貸してもらった。そして教会のオルガニストにもしつこく頼み、オルガンを教えてもらい、練習する許可を得た。堅信礼《けんしんれい》のための授業に出るようになり、先生がダーフィト・フリードリヒ・シュトラウスの書いたイエスの生涯についての本のことをつまらなさそうに話すと、オルガは早速先生に頼み込み、その本を貸してもらった。

オルガは孤独だった。村の子どもは都会の子どもほど遊ばなかった。働かなくてはならなかったのだ。遊びが始まると、都会と同じくらい乱暴な子どももいたが、オルガは器用に自己主張し、難を逃れることができた。しかし、彼女は本当の意味で村の子どもたちに属してはいなかった。オルガは、自分と同じように仲間のいない子どもを探した。そして、ついに一人の子を見つけた。彼も、みんなとは違っていた。最初のときから。

3

彼は、歩けるようになるとすぐに、走ろうとした。一歩ずつでは早く走れないので、片方の足が空中にあるあいだにもう片方も持ち上げては、転ぶのだった。起き上がり、また一歩ずつ歩き出す。そして、またもやこれでは遅すぎると思い、片方の足が着地する前にもう一方を持ち上げて、ふたたび転んだ。起き上がり、転び、また起き上がる——じれったそうに、それでも倦むことなくやり続けた。歩くんじゃなくて、どうしても走りたいのね、と彼を見ていた母親は考え、首を横に振った。

地面を離れた足が自分に追いついてからもう片方を上げるべきだと学んでからも、彼は歩こうとはしなかった。すばしっこく小幅でちょこちょこと走る。両親が当時の流行に従って子どもの体に手綱をつけると、散歩の際には子馬のようにぐいぐいと引っぱって、両親をおもしろがらせた。と同時に、両親は少しばかり困惑もした。ほかの子どもたちは、おとなしく手綱に引かれて移動していたからだ。

三歳になると、ちゃんと走れるようになった。三階建てで屋根裏部屋も二つある広大な屋敷のなかを、長い廊下に沿って走り回った。階段を上り下りして、隣接した部屋をくぐり抜けて走り、テラスから庭園へ飛び出し、野原や森に走っていった。入学後は学校にも走っていった。寝坊したとか、歯を磨くときにだらだらしてしまって、走らなければ遅刻するというわけではなかった。ただ単純に、歩くよりも走っていきたかったのだ。

最初は、ほかの子どもたちも一緒に走った。彼の父は村一番の金持ちで、彼の農園の賃金が、多くの家族を養っていた。彼は争いごとを裁き、教会や学校を後援し、男たちが正しい選択をするように気を配っていた。そのため、ほかの子どもたちは彼の息子に一目置き、お手本にした。だが、教師までがその生徒に尊敬を示し、その子が礼儀作法も言葉遣いも服装もみんなと違っているのに気づくと、子どもたちはよそよそしくなった。もしその生徒がみんなの親分になろうとしたなら、喜んでついていっただろう。しかし、その子は親分になることには興味がなかった。うぬぼれではなく、頑固さのゆえだ。ほかの子どもは自分たちの遊びをすればいい。彼は彼の遊びをする、というわけだった。彼には遊び仲間は必要なかった。少なくとも、走るためには。

七歳になったとき、両親は彼に犬をプレゼントした。両親はイギリス好きで、フリードリヒ三世の未亡人となったヴィクトリア（イギリスのヴィクトリア女王の長女）を尊敬していたので、選んだのはイギリスの牧羊犬であるボーダー・コリーだった。走るのが好きな息子にこの犬が伴走し、守ってくれることを願ったのだ。犬はその期待によく応えてくれた。息子の前を走りながらもしょっちゅう振り返り、彼がどこに行きたがっているかもよく感じ取っていた。

彼らは野道や畑のあぜ道、木材を運ぶ道や林道を走り、森や野原をしばしば斜めに横切っていった。息子は何もない野原や、木がまばらな森が好きだったが、麦が実る季節にはわざと畑のなかを走って、むき出しの腕や足に麦の穂を感じようとした。森では下生えのなかを走り、引っ掻き傷を作りながら、茂みに捕まると身をもぎ離した。ビーバーがダムを造り、小川を堰き止めて浅い沼を作ったときには、その沼を駆け抜けた。何ものも、彼を妨げることは許されなかった。何ものも。

列車が何時に駅に到着し、何時に出発するかも彼は知っていた。彼は駅に走っていくと、列車と一緒に出発し、最後の車両に追い越されるまで、列車の横を走り続けた。成長すればするほど、列車と一緒に長い距離を走れるようになった。でも、それが目標というわけではなかった。列車は彼の心臓がそれ以上速く鼓動できず、息がそれ以上続かないところまで連れていってくれた。一人で走ったとしてもそのポイントに到達することはできたが、列車に引っぱられていく方が楽しいから走っているだけだった。

彼は自分が息を切らして喘ぐのを聞き、心臓の鼓動を感じた。自分の両足が地面を蹴る音を聞いた。同じテンポで、確実に、軽やかに。地を蹴るとき、そこにはもう上昇があり、上昇のなかに浮遊があった。ときおり、まるで自分が空を飛んでいるような気がした。

4

両親は彼をヘルベルトと名づけた。父親は兵士として熱心に戦った経歴を持ち、普仏戦争の際、グラヴロットでの戦闘に参加して鉄十字勲章を授与されていた。彼は息子がヘルベルトの名にふさわしい、卓越した戦士になることを望んでいた（ヘルベルトの古名は軍隊につながっている）。父親は息子にその名前の意味を説明し、ヘルベルトは自分の名前を誇りに思っていた。

ヘルベルトは祖国ドイツをも誇りに思っていた。生まれたばかりの帝国と若い皇帝（ヴィルヘルム二世）、それから自分の父、母、妹、家族の農場、豊かな財産と立派な屋敷のことも。ただ、屋敷の正面が左右対称でないことだけが気になった。入り口のドアが右寄りになっていて、上階と屋根に左右対称に作られた五つの窓のうち、三つが左手にあり、一つが右手にあった。誰もこの不均衡の理由を説明できなかった。屋敷は築二百年以上で、ヘルベルトの家族はここを手に入れてからまだ一世代にしかならなかった。

ヘルベルトの祖父は、零落した貴族からこの農場を買い取ったとき、いつの日か自分自身が貴族に叙せられることを夢見ていた。もし自分がだめだとしても、グラヴロットの英雄である息子なら貴族になれるのではないかと思った。騎士農場と鉄十字勲章を手に入れたヘルベルトの父も、それを願っていた。しかし、シュレーダーという彼らの名字に爵位が加わることはなかった。ヘルベルトは後に、シュレーダーという名字にハイフンで農場の名前をくっつけた。世間にたくさんいるシュレーダー姓の一人ではありたくなかったからだ。

高い身分を夢見てはいたが、祖父と父は冷静で勤勉だった。二人は農場を繁栄させ、製糖工場と醸造所を建て、株に投資するだけの余裕資金もあった。一家にとって足りないものはなく、ヘルベルトとヴィクトリアの兄妹はどんな望みでも、それがちゃんとした望みでさえあれば、叶えてもらえた。学校や教会を休むことは認めてもらえなかったが、ベルリン旅行は許された。小説はだめでも、祖国の歴史についての本は買ってもらえた。蒸気機関車付きのイギリス製の鉄道模型は買ってもらえなかったが、ボートと銃は与えられた。彼らは四年間、村の子どもたちと一緒に国民学校に通ったあと、家庭教師の授業を受けることになった。一人の男性教師が算数と自然科学を教え、一人の女性教師が芸術と外国語を教えた。ヘルベルトはバイオリンを習い、ヴィクトリアはピアノと歌を習った。それに加えて、ヘルベルトは農場の手伝いをした。将来、管理人や下男や下女たちをどう扱うかを学ぶためだった。

ヘルベルトの堅信礼のための授業の日程が決まると、一歳年下で本来はまだ早すぎたのだが、ヴィクトリアも一緒についてきた。両親は子どもたちに、国民学校と同じく堅信礼の授業も村の子どもたちと一緒に受けさせることにしたが、ヴィクトリアが兄の保護なしに授業に行って、粗野な言動に晒されることは望まなかったのだ。ヴィクトリアがほかの子どもたちを怖がったというわけではなかった。二人とも、人生の苦労を知らず、苦労を恐れる必要もない人間の、高慢な大胆不敵さを持っていた。それでも、ヴィクトリアがか弱い女性の優美さを身につけることは損にはならなかったし、ヘルベルトが強い男の騎士道ぶりを発揮するのも悪くはなかった。二人とも、自分の役どころが気に入っていた。ヘルベルトはときおり、ヴィクトリアを守ってみせるために、わざとほかの子どもたちが乱暴するように仕向けた。しかし、ほかの子どもたちは挑発に乗らなかった。村の子どもたちは、二人と関わりたくなかったのだ。

オルガだけは違っていた。ヘルベルトとヴィクトリアの世界に対してオルガが示す興味と感嘆の念とは、二人の自尊心をくすぐる心地よいものだった。二人はたちまちオルガと友だちになったが、それは二人がいかに孤独だったかを示すことでもあった。もっとも、彼ら自身はそのことに気づいていなかったのだが。

5

彼ら三人が庭にいるところを写した写真がある。ヴィクトリアはブランコに座っている。ゆったりしたワンピースを着て、つばのある帽子には花が飾られている。日傘を差し、両足を交差させ、首を横にかしげている。彼女の左側では半ズボンを穿いて白いシャツを着たヘルベルトがブランコにもたれ、右側には白い襟の黒っぽいワンピースを着たオルガがいる。ヘルベルトとオルガは一緒にブランコを押そうと約束しているかのように、目を見交わしている。三人とも、真剣に熱中している様子だ。本のなかの一場面を演じているのだろうか？　ヘルベルトとオルガはヴィクトリアを崇めているのだろうか？　ヴィクトリアが一番年下だから？　兄と年上の友人を支配するすべを心得ているから？　三人は何をするにしても、真剣な熱心さでそれを行った。

三人の子どもたちは十八歳くらいに見える。でも写真の裏側には、撮影は堅信礼の前日だったと書かれているのだ。女の子たちは二人とも金髪で、ヴィクトリアの束ねていない巻き毛は帽子の下から溢れ出している。オルガはまっすぐな髪を後ろで束ねている。ヴィクトリアの口許にはふてくされたような表情が浮かんでいて、彼女が周りとうまくいかないときには不機嫌になる人間であることを匂わせている。オルガはしっかりした顎の線に加えて、強く張りだした頬骨と広い額で、力のみなぎった顔をしている。長く見ていれば見ているほど、心が躍るような顔だ。二人ともどっしりと構えていて、すぐにでも結婚して子どもを産み、家政を取り仕切る用意があるように見える。すでに若い女と呼べる存在になっているのだ。ヘルベルトも若い男であろうとしているが、彼はまだ少年だ。小さくて、ずんぐりしていて、力強い。しっかりと胸を持ち上げ、首を伸ばしているが、二人の女の子よりも背は低く、その後も背丈で上回ることはなかった。

後の写真でも、ヘルベルトはポーズをとるのが好きだった。若き皇帝の真似をしていたのだ。ヴィクトリアの方はすぐに丸々してきた。食べていれば満足で、脂肪の厚みが不機嫌そうな表情を消し、無邪気で官能的な魅力を彼女に与えた。オルガに関しては、長いことこれ以外の写真はなかった。カメラマンを雇えたのはヘルベルトとヴィクトリアの両親だけだったし、ちょうどその場にいなければ、オルガが写真に写り込むこともなかった。

堅信礼の翌年、ヴィクトリアは、ケーニヒスベルクの寄宿舎付き女子校に行かせてほしい、と熱心に頼み始めた。隣の騎士農場でパーティーがあった際に、その農場の娘が、寄宿舎での生活について話して聞かせたのだ。それは贅沢で優美な生活で、自分を大切にする女の子なら、農民と一緒に育つなんてありえないというのだった。両親は当初、承諾しなかったが、ヴィクトリアは頑固だった。自分の意志を押し通して両親に認めさせたあとも、寄宿舎でのささやかな生活は正真正銘上品なものなのだ、と頑固に主張していた。

オルガは、ポーゼン（現ポーランド西部ポズナニのドイツ語名）にある国立女子師範学校に行きたかった。そこに行くためには、入学試験で女子高等学校の上級クラス相当の知識があることを証明しなくてはならなかった。オルガは郡庁所在地にある女子高等学校まで毎朝七キロの道のりを喜んで登校する気があったし、毎晩歩いて帰る覚悟もあった。しかし、高等学校の学費もなければ、彼女のために学費免除の申請をしてくれる味方もいないのだった。村の教師や牧師は、女の子に高等教育を受けさせるのは無駄だと考えていた。そこでオルガは、上級クラスの知識を自分で身につけようと決心した。

女子高等学校に行って、上級クラスの修了時に何を知っていなくてはいけないのか尋ねようとしたオルガは、大きな建物や幅の広い階段、長い廊下とたくさんのドア、ベルとベルのあいだの休み時間に笑ったりしゃべったりしながら廊下をはしゃぎ回る女の子たちの屈託のなさ、女性教師たちが頭をもたげて教室を出入りする自信満々の態度に、すっかり気圧《けお》されてしまった。そして、階段の隅から様子をうかがったまま、出てくることができなかった。授業の終わった一人の女性教師が、ようやくオルガに気づいてくれた。その教師は、オルガが涙を流さんばかりにして訴えた願いに耳を傾け、彼女の腕をとると、学校から連れ出して自分の家に招いてくれた。

「宗教、ドイツ語、歴史、計算、地理、博物学、書道、スケッチ、歌、手芸が必要なのよ——できる？」

聖書の教理は堅信礼の授業ですでに学んでいた。シラーの戯曲やフライタークの小説や、ゼーガートの『祖国プロイセンの歴史』は読んだことがあったし、ゲーテやメーリケ、ハイネやフォンテーヌの詩も知っていた。エルクの『ドイツ歌謡の庭』のなかのたくさんの歌も覚えていた。女性教師はオルガに詩を一つ暗唱させ、歌を一つ歌わせてから、計算問題を暗算で解かせた。オルガがかぎ針編みで作った小さなバッグを点検し、オルガには手芸の才能と、スケッチや書道の才能もあることを確信した。弱点は地理と博物学だった。オルガは木や花やキノコの名前はたくさん知っていたが、植物や動物の系統図は知らず、カール・フォン・リンネやアレクサンダー・フォン・フンボルトの名前も聞いたことがなかった。

女性教師はオルガの意を汲んで、一般地理学の教科書と、家庭科や博物学の教科書を持たせてくれた。アドバイスが必要になったら、また来ていいわよ、と女性教師は言った。「そしてわたしに聖書と『ファウスト』を朗読してちょうだい!」

ヘルベルトは、十八歳になったら近衛歩兵連隊に入らなければならないことを理解していた。それまでに、大学入学資格を得る必要があった。彼は従順に、家庭教師たちの言葉に従ってその準備をした。しかし、彼が情熱を傾けているのは射撃であり、狩りや乗馬や漕艇やランニングだった。自分がいつの日か、農園と製糖工場と醸造所を継がなければいけないことも理解していた。父親が彼を経営に引き込もうとするのも当然のことだった。しかし、ヘルベルトは自分を農場や工場の主人とは見なしていなかった。彼は遥かな土地と広い空を見ていた。走ったあとで家に帰るのは、疲れたからではなく、暗くなって、母親が心配するといけないからだった。彼は太陽と一緒に一日中走ることを夢見た。それは、終わることのない一日だった。

6

ヴィクトリアが寄宿学校に行ってしまったあと、オルガとヘルベルトは二人きりでいることに慣れるまでしばらくかかった。ヴィクトリアとヘルベルトを訪ねるのではなく、ヘルベルトだけを訪ねるのはそれまでとは違っていた。オルガは彼の両親の疑い深いまなざしに気がつき、訪問するのをやめた。ヘルベルトはオルガと歩いているときに向けられる、村人たちの訳知り顔のほほえみを嫌がり、三人で遊んでいたときには屈託なくやっていた散歩やボート漕ぎを避けるようになった。

村の教師や牧師と同じくオルガへの高等教育を無駄だと見なしていた祖母は、入試の準備をしたいと思っているオルガが家で落ち着いて過ごすことを許さなかった。手伝いの必要がないときでさえオルガをそっとしておかなかったので、オルガは夏になると本を持って森の外れの寂しい場所に逃げ出すようになった。ヘルベルトはその場所に、オルガを訪ねてきた。犬を連れてきて、ときには銃も持ってきた。そしてオルガに、狩人が獲物を待ち受けるための、樹上の小屋を教えてくれた。雨のときには、彼女はそこで勉強することができた。ヘルベルトはときには小さなお土産も持ってきた。果物や、一切れのケーキや、リンゴの搾り汁などだ。

彼がオルガのところに来るのはたいていい走ったあとで、息を切らしながら脇の草むらに横になり、彼女が勉強を中断するのを待った。彼の最初の質問はこうだった。「何か、今朝までは知らなかったようなことを覚えたかい？」

オルガは喜んで答えた。そのときの受け答えで、自分が何を覚え、何を忘れたか、何をもう一度読むべきかがわかるのだった。ヘルベルトは特に地理と博物学に関心があり、それぞれの土地がもたらすものでどうやって生きていけるかに興味があった。

「地衣類《ちいるい》は食べられるのかな？」

「アイスランドの苔は食べられるのよ。風邪や腹痛の薬にもなるし、食糧にもなるの」

「どうやったらキノコに毒があるかどうか判断できる？」

「食べられる三百種類のキノコと、食べられない三百種類を覚えなくちゃいけないわ」

「北極地方にはどんな植物が生える？」

「ツンドラには……」

「ぼくが言ってるのはツンドラのことじゃなくて……」

「氷原のこと？　氷原には何も育たないわよ」

彼女に頼まれて、ヘルベルトは自分の教科書を持参した。オルガは、自分がヘルベルトに比べて劣っているわけではないことを発見した。外国語だけは、彼の方が進んでいた。家に来る女性教師が、英語やフランス語で彼と話したからだ。オルガと外国語で話してくれる人はいなかった。入試のためには外国語は必要なかったが、オルガはいつの日か、マイヤーの百科事典で読み、それについてはヘルベルトよりもよく知っている、パリやロンドンなどの都市に行ってみたいと思っていた。

7

ヘルベルトはオルガが学んだことを聞きたがっただけではなく、自分が考えていることも話したがった。ある日、自分は無神論者になった、と彼女に打ち明けた。

いつものように走ってきたあと、ヘルベルトは彼女の前で膝に両手を当てて前傾姿勢で立ち止まり、ぜいぜいと息を切らしながら言った。「神なんていない」

オルガはあぐらをかいて、太腿の上に本を載せていた。「ちょっと待って」

ヘルベルトは自分の呼吸が落ち着くまで待っていた。脇の草むらに横になり、両手を頭の後ろで組んで、自分の右側にいる彼女に目を向けたり、左側にいる犬の方を見たりしていた。白い雲のかけらがすばやく流れ去っていく紺碧の夏の空を眺めたりもした。彼はもう一度、先ほどの発言を繰り返した。静かに、きっぱりと、まるで何かを発見したかのように、あるいはむしろ、決断を下すかのように。「神なんていない」

オルガは本から目を上げて、ヘルベルトを見つめた。「その代わり？」

「その代わりって？」

「神さまの代わりに何があるの？」

「何も」ヘルベルトは彼女の疑問を滑稽に感じて、首を横に振りながら笑った。「世界がある、でも天国と神は存在しないんだ」

オルガは本を脇に置き、ヘルベルトの隣で草に寝転がると、空を見つめた。彼女は空が好きだった。青でも灰色でも、雨や雪のときでも、目をパチパチさせながら、落ちてくる滴《しずく》やふわふわした雪のかけらを通して空を見ることさえできれば、それでいいのだった。神？　神が空にいたっていいじゃないか？　そしてときおり地上に、教会や自然のなかに降りてきたとしても？

「もし神さまが突然あんたの前に現れたら、どうするの？」

「リヴィングストンがスタンリーの前に現れたように？　そうしたら軽くお辞儀して、手を差しだすさ。『神さま、あなたですか？』ってね*」

＊　リヴィングストンはスコットランド出身、十九世紀の探検家。ヨーロッパ人として初めてアフリカ大陸を横断した。第三次アフリカ探検の際に行方不明となり、「ニューヨーク・ヘラルド」紙の特派員ヘンリー・スタンリーが捜索に向かった。スタンリーの前にリヴィングストンが現れたとき、スタンリーはその痩せさらばえた姿を見て「リヴィングストン博士、あなたですか？」と言った。

自分のジョークが気に入ったヘルベルトは、両手で地面を叩いて笑った。ヘルベルトが革製の半ズボンとチェック柄のシャツを着、神さまが白いスーツにヘルメット帽をかぶっている場面をオルガは想像した。二人ともちょっと困惑し、完璧に礼儀正しく振る舞っている。オルガも一緒になって笑った。しかし彼女は、神についてジョークを言うべきではないと思っていた。だがそれより何より、そっとしておいてほしかったし、勉強したかった。神が自分を助けてくれるなら歓迎だが、そうでないなら、いまは必要ない。

ヘルベルトはオルガをそっとしておかなかった。彼は究極の問いを発見したのだ。数日後、彼は尋ねた。「無限は存在するのか？」

二人はまた並んで寝転んでいた。オルガの顔は、両手で支えている本の陰にあった。ヘルベルトは目を閉じ、顔には陽が当たっていた。口には草の茎をくわえている。

「平行線は無限において交わるんだって」

「学校ではそう教えているけど、たわ言だよ。線路をずっとずっと辿っていったら——いつか左右のレールが交わるところに到達すると思うかい？」

「線路をずっと辿っていったって、それは有限でしょ。無限じゃないわ。あんたみたいに走ることができれば話は別だろうけど……」

ヘルベルトはため息をついた。「からかうのはやめてくれよ。ぼくが知りたいのは、有限な人間の有限な生において、無限が意味を持ちうるのかってことだ。それとも、神と無限は同じものなのかな？」

オルガは開いた本を腹の上に載せたが、本から手を離すことはしなかった。できればまた本を持ち上げて読みたかった。勉強しなくてはいけないのだ。無限なんてどうでもよかった。でも、ヘルベルトの方に顔を向けると、彼は心配そうに、そして期待を込めて、彼女を見つめていた。

「どうしてそんなに無限が気になるの？」

「どうしてかって？」ヘルベルトは体を起こした。「無限であるからには、到達できないんだよな？　でも、いまの時代と手段にとって、というだけでなく、そもそも絶対に到達不可能なものって、あるんだろうか？」

「もし到達できたら無限をどうしたいの？」

ヘルベルトは黙り込み、遠くに目を向けた。オルガも起き上がった。彼は何を見ているのだろう？　カブ畑。緑の植物と茶色の畝が長い列になって並んでいる。列は最初はまっすぐだが、やがて窪地になって湾曲し、地平線に向かって、最後は緑地と溶け合っている。離れて立っているポプラの木。一群のブナの木が、明るいカブ畑の海に黒っぽい島を作っている。空には雲はなく、太陽はオルガとヘルベルトの背後にあって、すべてを輝かせていた。植物の緑も、木々も、地面の茶色も。彼は何を見ていたのだろう？

ヘルベルトはオルガに顔を向け、どうしていいかわからなかったので、困ったようにほほえんだ。自分の問いには答えが必要で、自分の憧れも満たされるべきだと、確信してはいた。オルガは彼を抱きしめ、頭を撫でてやりたいと思ったが、そうする勇気はなかった。彼の憧れは、世界に対する子どもの憧れのように、彼女を感動させた。しかし彼はもう子どもではなかったので、彼女は彼の憧れや問いや疾走のなかに、彼自身がまだ知らない絶望を感じ取った。

また数日経つと、ヘルベルトは今度は永遠という概念について、彼女の意見を聞きたがった。

「無限と永遠は同じものか？　無限は空間にも時間にも当てはまるけど、永遠は時間のことだけだ。でも、どちらもぼくたちが持っているものを同じように超えていくのだろうか？」

「わたしたちは、いろんな人が死んだあとも、長いあいだその人のことを覚えているものよ。永遠かどうかはわからないけれど。アキレスとヘクトールだって、死んでからもう二、三千年は経っているでしょ。でもわたしたちは、いまだに彼らを記憶しているじゃない。あんたは有名になりたいの？」

「ぼくは……」彼は右腕で体を支え、彼女の方を向いた。「どうしたいのか、わからないよ。ぼくはここにある以上のものを求めている。畑や農場や村や、ケーニヒスベルクやベルリンや、近衛連隊以上のものをね。歩兵だから嫌だというんじゃない、騎兵だって同じことさ。ぼくはそんなものを超えていきたいんだ。あるいはそんなものから羽ばたきたい――エンジニアたちが、空飛ぶ機械を作ろうとしてるって、本で読んだんだ。ぼくが思うに……」彼はオルガの頭越しに空を見た。それから笑った。「そんな機械ができて、そのなかに座って飛んでみたとしても、それはやっぱりほかの物と同じ、ただの物体なんだろうな」

「わたしは物が好きよ。ピアノ、ゾーネケン社の万年筆、新しい夏のワンピース、新しい冬のワンピース、夏の靴、冬の靴。部屋は物かしら？　もしそうじゃないとしたら――お金は物だよね。わたし、自分の部屋のためのお金がほしい。あんたはひょっとしたら……」

「甘やかされてるって？」ヘルベルトは右手を地面につき、左手で髪の毛を掻きむしりながら、オルガの方にぐいっと体を向け、彼女を見つめた。

「ごめんなさい。あんたが甘やかされてるわけじゃないわ。でも、わたしの境遇がどんなもんだか、あんたにはわからないでしょ。わたしも、あんたの境遇はわからない。あんたの方が、生きるのは楽だと思う。っていうか、もしわたしがあんたやヴィクトリアのような生活を送ってて、簡単に女子高等学校や女子師範学校に行けてたら、楽だったろうなと思う。だけど、もしわたしがヴィクトリアだったら、女子の寄宿学校にしか行きたがらなかったかもしれないわね」オルガは首を横に振った。

ヘルベルトはまだ待っていたが、オルガはそれ以上しゃべらなかった。「もう行くよ」ヘルベルトは立ち上がり、それまでオルガに体をこすりつけて撫でてもらっていた犬も立ち上がって、彼を見上げた。ヘルベルトがさっさと行ってしまうことにオルガは慣れていた。でも、犬がすぐ間近にいながら、次の瞬間にはもうよそよそしい存在になってしまうのには、毎回胸が痛んだ。

ヘルベルトは立ち去り、犬は彼に飛びつくと、一緒に走ろうとした。ヘルベルトはふざけて犬に抵抗し、同時に足を速めた。それから立ち止まり、オルガの方を振り返った。「ぼくには金はないんだ。何か必要なものがあるときだけ小遣いがもらえるけど、必要なものの値段ぴったりしかもらえない。自分で金を稼いだら、きみに万年筆を買ってやるよ」

彼は駆け出し、オルガは彼を見送った。森の端に沿ってカブ畑を駆け抜けると、地平線へと続く道の上で彼と犬の姿はどんどん小さくなり、やがて地平線の向こうに消えてしまった。オルガは情愛を込めて、彼の姿を見送っていた。

8

オルガとヘルベルトは互いに恋に落ちた——もしヴィクトリアがオルガを、いままでの三人組から仲間はずれにしていなければ、二人が恋することはなかったかもしれない。寄宿舎が夏は閉鎖されるので、ヴィクトリアは七月に家に戻ってきたのだが、また心おきなく三人で数週間過ごせると思って楽しみにしていたオルガとヘルベルトは失望させられることになった。ヴィクトリアは以前とは違う生活を望んだ。近隣の騎士農場での舞踏会やパーティーに招待されており、ヘルベルトが彼女をエスコートして恭《うやうや》しく振る舞ってくれることを期待していた。オルガのことを忘れたわけではなく、それが礼にかなったことだったので、散歩とお茶に誘った。しかしそのあとで兄に対して、あんな単純な女の子じゃ話し相手にもならない、と気持ちを打ち明けた。「教師を目指すですって？　村の先生が病気になったとき代わりに来た、オールドミスのポール先生を覚えてる？　オルガはあんな人になりたいの？　いずれにしても、あの子、ポール先生と同じくらいファッションセンスがないわよ。教えてあげようと思って、袖にはタックを付けてスカートはもっとタイトにした方がいいって言ったら、まるでわたしがポーランド語でも喋ってるみたいにじろじろ見てくるの。いかにもポーランド語を話しそうなのは、あの子の方じゃない？　顔がスラブ系でしょ？　オルガ・リンケって、スラブの名前じゃないの？　それなのにどうしてあんなに偉そうに、わたしの前に出てくるの？　まるで対等みたいに？　どう振る舞って、何を着るべきか、わたしから学べることを喜ぶべきじゃないの？」

この言葉がヘルベルトを傷つけた。オルガが対等じゃないって？　彼女の顔は充分美しくはないって？　次にオルガに会ったとき、ヘルベルトは細かく観察してみた。彼女の高くて広い額、力強い頬骨。緑の目はほんのちょっと斜めになっているが、すばらしい輝きを放っている。鼻や顎はもっと小さく、口は大きい方がいいだろうか？　しかし、オルガが笑ったりほほえんだり話したりするとき、その口はとても生き生きとして、圧倒的な存在感を発するので、その口の上にはこの鼻、下にはこの顎がふさわしく思えるのだった。それこそいまのように、声を出さずに唇を動かして勉強しているときなどは、まさにそうだった。

ヘルベルトのまなざしはオルガの首とうなじを辿り、胸の上のブラウスの膨らみや、スカートに隠された太腿とふくらはぎの部分で立ち止まり、むき出しの踵と足の上にとどまった。勉強するとき、オルガは靴と靴下を脱いでいたのだ。これまで何度もオルガの踵と足を見てはいたけれど、じっと眺めたことはなかった。くるぶしの横の窪み、踵の丸み、爪先の繊細さ、青い血管。足首や足に、どれほど触れたいと思ったことか！

「何をじろじろ見てるの？」

オルガがヘルベルトを見つめていたので、彼は赤面した。「じろじろ見てなんかいないよ」

二人は向かい合い、あぐらをかいて座っていた。オルガは本を、ヘルベルトはナイフと木切れを手に持っていた。彼はうつむいた。「きみの顔はよく知ってるつもりだったけど」ヘルベルトは首を振り、ナイフで木切れから削り屑を飛ばした。「いままでは……」彼は顔を上げてオルガを眺めた。まだ赤面していた。「いままではずっと眺めていられる。きみの顔、首、うなじ、きみの……きみの姿を。こんなにきれいなものは見たことがない」

オルガも赤面した。二人は見つめ合い、目と心だけになっていた。目を逸らすことができず、いつものオルガとヘルベルトに戻りたくなかった。しまいにオルガがほほえんで言った。「わたしたち、何をしてるの？　あんたがわたしを眺めてると、勉強できない。それにわたしがあんたを眺めてると」

「結婚しよう、そして勉強はやめるんだ」

オルガは前屈みになって、ヘルベルトの首に両腕を巻きつけた。「あんたはわたしと結婚しない。いまは結婚するには若すぎるし、将来は、あんたの両親がもっといいお相手を見つけるだろうから。あんたが近衛連隊に行って、わたしが師範学校に行くまで、一年ある。一年だけ！　だから、ちゃんと決めなくちゃ」彼女はまたほほえんだ。「いつ見つめ合って、いつ勉強するかを」

9

秋が来るまで、オルガとヘルベルトは森の外れか狩人小屋で、二人きりでいることができた。彼女はそこで勉強し、そこに来ればヘルベルトはオルガに会えた。しかし十月になると寒くなり、十一月には初雪が降った。教会のオルガニストは、オルガがオルガンの練習をして、ときには日曜日に彼の代理を務められるよう、彼女に教会の鍵を渡した。そこでオルガは、礼拝のときだけ暖房が入る冷たい教会堂のなかで勉強した。外よりは暖かかったし、オルガは祖母の家よりも教会の方が暖かいとさえ感じた。祖母の粗野な冷淡さは、暖かいストーブにもかかわらず彼女を凍えさせたのだ。目前に迫った別れが祖母の胸を痛ませ、どっちみち冷淡な彼女をますます無愛想に冷たくさせているのだということを、オルガは知らなかったし、祖母自身も気づいていなかった。

教会は一八三〇年に造られた古典主義的な半円アーチの建物で、後援者用の桟敷席があった。その席は教会の後援者という地位とともに、かつて農場の所有者だった貴族からヘルベルトの家族に受け継がれていた。ヘルベルトは毎週日曜日に信徒たちの目にさらされる桟敷席を嫌っていた。そのため、桟敷席には専用の暖房が床下にあり、階段から火を入れる形になっていることを、すぐには思い出さなかった。ことに寒い日には、オルガとヘルベルトは教会堂のなかでも自分たちの息が白くなるのを見た。しかし、床はいくぶん暖かかったし、桟敷席の天井と手すりは教会堂の寒さをほんの少し防いでくれた。椅子の座席にはクッションが入っていた。オルガは勉強しながら丈が長くて分厚いセーターをヘルベルトと自分のために編んでいた。ヘルベルトは、冬に何日も狩人小屋で待機して、立派な角を生やした雄ジカを仕留めることを夢想していた。ヘルベルトの父が以前、そのシカを撃ち損じていたのだ。

オルガは隣にいるヘルベルトにも勉強してほしいと思ったけれど、彼は勉強しなかった。本を読むとすぐにイライラして、ストーリーがもっと早くゴールに到達してもいいんじゃないか、あるいは頭のなかで考えた方がずっとすばやく要点に辿り着けるんじゃないか、と思うのだった。彼の先生はニーチェや「神の死」、「超人」、「永劫回帰」などについて語っていた。ヘルベルトは、ニーチェの思想に自分の問いへの答えを見つけられるのではないかと期待していた。神はヘルベルトにとっても死んだのではなかったか？　彼も自分を超えていくことを願っていたのではないか？　永劫回帰のようにくりかえされる田舎の生活を彼も知っていなかったか？　しかし、まもなくニーチェを読むことも苦痛になり、ヘルベルトはあれこれの言い回しを引っ張り出して会話に織り交ぜるだけで満足するようになった。彼はそれがなければ文化が成り立たないであろう二つの階級について語った。高尚な階級と低俗な階級だ。純粋な民族の強さと美しさについて、孤独の豊かさについて、選ばれた人間と高貴な人間について、偉大で深遠で豊穣なものへと成長していく超人について。自分は超人になる、と彼は決心した。休むことなく、ドイツを偉大にし、ドイツとともに偉大になる。それが自分や他の人々に、代償として恐ろしい試練を与えようとも。オルガはそうした大言壮語を中身が空っぽだと思った。しかしヘルベルトの頬は燃え、目は輝いていた。オルガには、彼をうっとりと見つめることしかできなかった。

その一年のあいだ、彼らはセックスすることはなかった。農場主の息子が村の娘と戯れたところで、誰もそれを咎めなかっただろう。村人たちも、もし自分の娘が彼と恋愛ごっこをしたら、見て見ぬふりをしただろう。しかしヘルベルトはオルガにとっては農場主の息子ではなく、彼女も彼にとって村の娘などではなかった。彼らの関係は、農場主の息子と娘の関係、あるいは市民階級出身の子ども二人の関係とも違っていた。自分たちは階級の狭間にいると思っており、階級の因習には縛られていないと感じていた。彼らは春と夏のあいだ森の外れにおり、冬には後援者の桟敷席で二人きりだったので、セックスしようと思えばできただろうが、そうしないと決めたのだった。自分たちの関係を、時間をかけて育てた。

彼らは体を寄せ合い、互いの体を探索し、温め合った。互いに離れられなかった。でもオルガは勉強したかったので、抱擁から抜け出した。ヘルベルトはこらえきれなくなって一人で射精すると、ほっとしてぐったりし、低いうなり声をあげながら顔を背けた。自分のペニスが濡れたズボンのなかで萎えていくのを感じ、それから跳ね起きた。駆け出そうとして。あるいは、雪のなかでスキーヤーに向かって突進しようとして。

10

大晦日には、その地域最大のパーティーがシュレーダー農場で開かれた。古い貴族の家柄の隣人たちもがやってきた。ヘルベルトの父であるシュレーダー氏は鉄十字勲章を胸に付け、あらためて貴族に列せられることを期待した。みんなが祝ったのは新しい年の始まりだけではなく、古い年の成果だった。民法制定、ドイツとアメリカ間の電信の開始、客船「ドイッチュラント」が大西洋横断の最速記録を打ち立ててブルーリボン賞を受賞したこと、新しくドイツの保護領になった西サモアにドイツ国旗が掲げられ、もはや中国人がドイツ人を睨むことすらできないということ（これらは一九〇〇年のできごとと思われる。サモア分割は一八九九年末だが、国旗が翻ったのが一九〇〇年か）。世界のなかで、ドイツはついにふさわしい地位を占めるに至ったのだ。真夜中にはケーニヒスベルクから来た花火師が、暗い夜空を背景に白や赤の爆弾やロケット、噴水などの仕掛け花火で、豪快な花火ショーを行ったが、イギリスやフランスに敬意を表するため、いくつかの青い花火も混じっていた（ドイツ帝国の国旗は黒・白・赤だった）。パリの万国博覧会は、新しい世紀がヨーロッパの列強に偉大な未来を約束していることを示したのではないか？　そしてシュレーダー氏は化学会社や電気会社の株で見事に利益を上げ、奇抜な花火ショーさえ開くことができるのだ。

ヘルベルトはオルガを招待したいと思ったが、ヴィクトリアは両親に対して、オルガがいると古い貴族の若者たちのあいだで自分の評判に傷がつく、と反対し、説き伏せた。それに対してヘルベルトは、それなら自分もパーティーには参加しない、と主張し、ヴィクトリアが涙を流しても、母親が懇願しても、父親が強い言葉で叱責しても、態度を変えなかった。しまいにはオルガが、必要もないのに両親と対立しないようにと説得した。もしご両親がわたしと会うことを禁じたらどうするの？

しかし、花火の打ち上げの際には村中の人々が農場にやってきた。彼らは道路からの進入口や屋敷の前だけではなく、屋敷の外を回り、招待客たちが立って庭園を眺めている広いテラスにまでやってきた。その庭園では噴水の仕掛け花火が火花を散らし、ロケットや爆弾が天に昇っていた。当初、村人は招待客から距離をおいていた。しかし、光の奇跡に感動してどんどん押し寄せてくると、やがて招待客に混じって立つようになった。客たちは村人に気づかないふりをしていた。そしてヘルベルトの両親も、ヘルベルトとオルガが隣り合って立ち、両手を取り合って互いに「幸せな新年を！」と囁き合っているのを、見ない振りをしていた。

幸せな新年になった。オルガはポーゼンにある国立女子師範学校の入試に合格した。成績優秀で合格したので、学生寮にも無料で入れることになった。ヘルベルトはオルガを誇りに思うと同時に、彼女にとっての勉強や知識の重要性に嫉妬した。そして、彼女が家族からも他人の評価やヘルベルト自身からも自由で、自立していることを考えて不満に思った。自分たちが結婚できないだろうという彼女の意見は正しいかもしれないが、それがなぜなのか彼は悟ろうとはせず、彼女が自分を必要としていないことばかり考えた。どうにかこうにか大学入学資格を得たあとで近衛連隊に入隊すると、彼はようやく嫉妬や不満を忘れて、オルガを誇りに思うのと同じくらい自分を誇ることができた。

ヘルベルトは自分のカラー写真をオルガに送った。青い上着に白いズボン、襟と折り返しは赤で、帽子は青と赤で、小さな黒い庇がついていて、大学生がかぶる平たい帽子によく似ていた。灰色の制服に、プロイセンのピッケルヘルメットをかぶった写真も、彼は送ってきた。いずれにしても格好がいい、とオルガは思うのだった。小柄と言われないくらいの背丈はあり、がっしりして力強い。角張った顔には明るく肝の据わった雰囲気があった。迷いはないと言わんばかりの青く澄んだ彼の目が、オルガは好きだった。しかしその目はときには途方に暮れ、何かに憧れるようなまなざしになり、彼女を優しい気持ちにさせるのだった。

写真には、万年筆も添えられていた。黒で、軸にはF・ゾーネケンと書かれていた。ペン先は外すことができ、軸にはピペットでインクを入れるのだ。どんなに書き心地がよかったことか！上向きの線は細く、下向きの線は太くなり、字を訂正したり線を引いて消すときでさえ、見栄えがいいのだった。まもなくオルガはヘルベルトへの手紙をあらためて清書せず、そのまま送るようになった。彼は約束通り最初の俸給で、彼女に万年筆を買ってくれたのだった。

オルガもヘルベルトに写真を送った。幅広い黒のスカートに赤い縁取りの白のチュニックを着て、首と腕はむき出しだった。それは、オルガが自分で縫ってリフォームした服だった。髪はゆったりと束ね、化粧はせず、ほんの少し白粉《おしろい》をはたいただけだった。興奮すると顔に赤い染みができてしまうのだ。彼女は誇り高そうに見えた。ひょっとしたらほんとうに、自分が他の若い女性とは違い、ファッションや男のことばかり考えているのではないことを、誇りに思っていたのかもしれない。

11

二年間の教育を受けた後、オルガは教師になり、秋には最初の任地に赴いた。かつて通った村の学校へ——それは、学校管理局にとってもオルガにとっても希望とは違っていたが、もともと行くことになっていた村の学校ではほしかが大流行してしまい、一方、かつて住んでいた村では年老いた教師が急に亡くなったので、そちらに行くことになったのだった。いずれにせよ、オルガはもう祖母の家に住む必要はなかった。校舎のなかにある教員用の住居に引っ越したのだ。

ヘルベルトがいなくて寂しかった。学校、教会、家々、道、森——すべてに思い出が付着していた。祖母による身体的な虐待、村の子どもたちからのいじめ、女子高等学校に推薦してくれるように牧師や教師に頼みに行っても無駄だったことなど、悲しいできごとに関する思い出も多かった。ヘルベルトやヴィクトリアと過ごした幸せな日々の思い出は、ヴィクトリアが侮辱的な態度でオルガに背を向けたことで台無しになっていた。美しい思い出として残っていたのは、彼女とヘルベルトが一緒に森の外れや狩猟小屋、教会の桟敷席で過ごした時間だった——だからこそ、ヘルベルトがいないことがオルガには辛く感じられた。彼女が師範学校に入り、彼が近衛連隊に行ってしまってからは、二人はほとんど会っていなかった。一度か二度、ヘルベルトは帰郷の途中にポーゼンに立ち寄り、師範学校の前でオルガを待ち受けていた。一度か二度、学校で親しくなった友人の父親が、オルガとその友人をベルリン旅行に招待してくれて、オルガがヘルベルトの兵舎の前まで行ったこともあった。二人とも、互いにいつ会えるかはわかっておらず、予期せぬときに再会し、慌ただしく抱擁しあい、不安げに愛を確かめあうのだった。

ヘルベルトは十月に三週間、農場に帰省した。彼はドイツ領南西アフリカの防衛部隊に志願し、出発まで休暇を与えられたのだった。オルガは授業を始めたところで、最初だからこそうまくやりたい、ちゃんとすべてを準備し、残業もし、自分が生徒だったときにはしてもらえなかったような手助けを生徒たちにしてやりたいと思っていた。彼女は特に、女子高等学校に送ってやれるような生徒を見つけたいと思っていた。必要な励ましを与え、特待生として入学させてやれるような子を。しかし、三週間のあいだ、こうしたことはすべて後回しになった。重要なのは、いつどこで、どれくらい長く、そしてどれくらい安全に、ヘルベルトと会えるかということだった。最初の二週間は、穏やかな秋の太陽の下、屋外で会った。最後の週はオルガの住居で会った。彼がいつ忍んできて、彼女がいつドアを開けるかを、人々に見られないよう気を遣った。しかし二人はあまりにも幸せだったので、村で噂になっているかどうか気にするのを忘れていた。

彼らは三年間、互いに愛を約束し続け、待ち続けていた――いまこそ、セックスが一つの成就だった。すぐに願いを実行に移してしまう人間にはわからないことだ。妊娠するかもしれないという不安も、避妊の仕方を知っている今日の人間にはもはや想像できないだろう。ヘルベルトとオルガは長い別離のあとで再会し、もう何も抑える必要も遠慮する必要もないという状態になって、あまりに幸せだったので、不安に苛まれている暇はなかった。オルガにとってその三週間はダンスのようだった。二人は互いに旋回しあい、それからまた静かに、互いのなかで安らった。

ヘルベルトが防衛部隊に志願したことに、オルガは同意できなかった。兵士が祖国のために戦い、場合によっては命を落とすこともあるのは仕方ないと思った。しかし、アフリカは祖国ではない。そこで何を失ったというのか？　ヘレロ族（南西アフリカに住むバンツー族）の一部が彼に何をしたというのか？

それでも、ハンブルクからヘルベルトの乗った船が出航する際には、オルガも桟橋に立ち、最後の挨拶を叫んだり手を振ったりしていた。皇帝への万歳三唱や、皇帝を讃える歌にも声を合わせ、大小の船の蒸気サイレンや霧笛が別れのために一斉に鳴らされて、数分間にわたり他の音をすべて掻き消してしまうのを耳にした。そのあと騒音はやみ、静かになった。港や都会の喧噪が戻ってきたとき、船はオルガの視界から消えていた。オルガの手には、本当は振るつもりだったスカーフがくしゃくしゃになって握られていた。

12

ヘルベルトがドイツ保護領の南西アフリカにいた歳月のあいだ、オルガはヴィクトリアの振る舞いに悩まされていた。ヴィクトリアはオルガをヘルベルトにはふさわしくないと見なし、二人を引き離そうとして、自分の両親や友人の両親たちや牧師に対して、悪意ある噂をしつこくばらまいていた。オルガはそれに気づいてヴィクトリアと話そうとしたが、ヴィクトリアは白《しら》を切り続けた。地方官庁の行政局長をしている友人の父親を通して、ヴィクトリアはついにオルガを東プロイセンへ、つまりは世界の果てへ、転勤させることに成功した。

赴任先の村はティルジット（現在はロシア連邦にあり、ソヴィエツクと改称されている）の北にあった。村を通って走る一本の道路はまだ舗装されておらず、日が照れば埃が舞い上がり、雨が降れば泥だらけになった。道は途中で広がって芝の生えた広場になっており、そこに教会があった。道沿いの家々は平屋で汚かった。学校もみすぼらしく、教師用の住居と庭はその裏にあった。

オルガは一人で全学年を受け持った。校舎には小さい子どものための教室と、大きい子どものための教室があり、生徒たちはおとなしかった。オルガは一方の教室で授業したが、もう一つの部屋で子どもが騒いでいるなどという心配はしなくてすんだ。子どもたちには学習意欲がまったくなかった。オルガは彼らに読み書きと計算を教え、「草木も人も」(賛美歌にもなっている有名な歌)を一緒に歌うことができれば満足だった。それに加えて太陽や月や星の運行、季節の変化、労働の喜び、死に対して敬意を払うべきことについて説明できればよかった。カリキュラムには説話を読むことや、フリードリヒ大王(プロイセンを強大な国家にした十八世紀の啓蒙専制君主)にまつわる歴史も含まれていた。フリードリヒ大王は「草木も人も」をバカげた歌だと考えていたが、歌いたい者は歌うがよい、と言った。そこで、この一曲を通してオルガは子どもたちに、寛容さについても教えることができた。ときおり、ギムナジウムに行かせてやりたいと思う男の子や、ティルジットの女子高等学校に入れてやりたいと思う女の子がいた。そして、ときには両親の抵抗を打ち破り、牧師を推薦者にして、特待生としての入学を勝ち取ることができた。

貧しく乏しい土地ではあったが――オルガは自分が育った村や学校から離れ、悪巧みをするヴィクトリアから離れられたのを喜んだ。庭を手入れし、水曜日には自分が結成した聖歌隊の練習をし、日曜日には教会でオルガンを演奏した。女性教師の集まりに参加し、ときにはティルジットでのコンサートや芝居にも出かけた。隣村の家族と仲良くなり、農場に大勢いる子どもたちの末っ子であるアイクをとりわけ心にかけていた。

彼女は「ティルジット新聞」で報じられる防衛部隊とヘレロ族の戦いの推移を注意深く追いかけ、それについての帝国議会での論争にも気を配っていた。ブルジョアの諸政党は、現地住民がきちんとキリスト教的に扱われさえすれば、植民地はドイツの将来を担うだろうと信じていた。社会民主党は植民地を拒否した。不道徳なことだし、経済効率も悪く、派遣されたドイツ人たちも堕落してしまう。そうした主張に応じて、ヘレロ族との戦争に対する見解もそれぞれに違っていて、新聞や雑誌で報道される残虐行為も、単なる個人の過ちと見なされたり、植民地政策がもたらす不可避のできごとと見なされたりした。オルガは社会民主党の意見に共鳴していたが、不可避的に残虐になってしまうヘルベルトなどは想像したくもなく、悪夢のような戦争が早く終わればいいのにと思っていた。

彼女はヘルベルトに長い手紙を書き、彼からの返事を待った。年々歳々、ただ数時間か数日しかヘルベルトと一緒に過ごせないこの恋愛関係が辛くなってくると、愛する人と別れて過ごすのが日常茶飯事で、一緒にいるのが例外であるようなたくさんの人々のことを考えた。兵士、船員、研究や商売のために出張している人々、ドイツで働いているポーランド人、イギリスで働いているドイツ人。彼らの妻が夫に会える回数も、オルガがヘルベルトに会える回数と変わりはないのだ。彼女は自分に、愛においては互いをほしいままにするのではなく、互いが相手にとっての贈りものなのだ、と言い聞かせた。そして、手紙についても同じことが言える、と。ヘルベルトの手紙には彼女が望むほど愛情表現がなく、ジャーナリストのように淡々としていたり、大言壮語が連ねられていたりした。でもだからこそ、それは彼女を幸せにする贈りものだったのだ。ヘルベルトはまさに、そんな人間だったのだから。

13

ヘルベルトはドイツ領南西アフリカへの航行と、黒人との最初の出会いについて書いてきていた。彼が海中に投じたコインを追いかけて潜っていく、モンロヴィア港の陽気な少年たち。赤道直下ではバケツを使って兵士が水合戦をした。スワコプムント（現在のナミビアにある港町）への到着、砂漠の風景、遥か彼方まで、ただ砂ばかり。激しく揺れるボートに跳び乗り、荒れ狂う波を掻き分けて進んだあと、ようやく陸地に着いたが、船に慣れた足の下で、陸はなかなか静止しようとしなかった。

ヘルベルトは最初の日から、砂漠を愛するようになった。南方には砂丘が高くそびえ、急角度で海に落ち込んでいた。壮大でもあり、柔らかな丸みは同時に官能的な美しさも備えていた。東へは広大な平野が広がっていた。砂と石ばかりで、砂粒はときに赤く、ときに灰色だった。そのあいだに黒っぽい地衣類や明るい色の細い草が生え、ときおり小さな茂みが盛り上がっていたが、それは巨大な恥丘のように見えた。単調さと多様性が同居しているのがヘルベルトは好きだった。石と砂と植物の小さな変化、くねくねと曲がる谷と窪地、予期せぬときに現れる、独特の形の小さな山々。砂漠は常に広く、何もないところだった。こんなふうに熱い砂と焼けつく太陽と熱で揺れ動く空気からなる世界があろうとは、ヘルベルトは予想もしていなかった。馬に乗って何日も何日も進んでいっても、そのみごとな眺めには終わりがないのだった。

ヘルベルトの中隊が列車の駅に着いて武器や食糧を待っていたとき、ヘルベルトは狭軌鉄道を見て喜び、少しだけ乗車してみた。列車は山を登るときには苦労しながらゆっくりと上がり、降りるときには急行列車のように速かった。ときおり黒人たちを見かけた。汚い小屋の前にいる汚れた姿や、中隊の前から逃げていき、パトロール隊も追いつけないすばしっこい男たち、短いもじゃもじゃの髪の毛と分厚い唇の女たち。ときには茂みのなかや岩山にしゃがんでいる黒い影が、黒人ではなくヒヒだったこともあった。

ある晩ヘルベルトは、空に反映している炎の影がどこから来ているのか偵察するために、パトロールに出された。彼は草原が燃えているのを見た。赤黒い煙の下で、草と茂みが炎に包まれ、火柱を上げていた。そのあと、彼は宿営を探したが、見つけることができなかった。馬が疲れ切って歩けなくなったので、今夜は草原で野宿して朝を待たなければいけないと判断した。ジャッカルが鳴いているのが聞こえた。それは犬の遠吠えや子どものすすり泣きのようだった。ジャッカルは獲物を探し、ヘルベルトの匂いを嗅ぎつけてどんどん近寄ってきた。しまいにはジャッカルの鳴き声が彼を取り囲んで重苦しい気分にさせ、恐怖の底に叩き込んだ。ヘルベルトは武器をつかみ、立ち上がって闇に目を凝らした。鳴いているジャッカルと、話に聞いている豹と、自分たちが闘っているヘレロ族への不安でいっぱいになっていた。しかし、何も見えなかった。ジャッカルも、豹も、ヘレロ族も。まるでカバーを掛けられたかのように見通しのきかない夜の闇が見えるだけだった。自分が外部にあるものを恐れているのか、自分のなかにあるものを恐れているのか、ヘルベルトにはわからなくなった。

しかし彼は、オルガに自分の恐怖を説明するよりも、むしろ感銘を与えようとした。「ぼくたちがここ南西アフリカで、ドイツにいるきみたちのために何をしているか知ってるかい？　もし防衛部隊が野蛮な黒人たちを倒さなければ、これ以上出兵に金を出しても無駄なことで、砂箱のようなあんな土地はイギリス人に売ってしまうべきだ、と新聞に書いてあるのを読んだよ。きみもそう思ってるのかな？　ぼくの反論はこうだ。もしドイツ政府があらゆる白人の使命を裏切って祖国に害をもたらすようなことはしたくないと思うなら、これまでの通りにするしかないんだ。そうしなければ楽園が失われてしまう！」そうしてヘルベルトは故郷の気候よりも肺病の治療に役立つという南西アフリカの気候を褒めそやし、これから井戸が掘られたり、タバコや綿花やサボテンが移植されたり、植林が行われたり坑道が掘られたり、工場が建てられたりするだろうという話を書いた。そのために、ドイツ人がここを支配する必要があるのだ。「黒人たちは反乱を起こして、支配権を奪おうとしている。そんなことをさせてはならない。我々が勝利すれば、ドイツ人にとっても黒人にとっても祝福となる。彼らはまだ非常に低い文化水準にとどまっている人種で、我々の高度で最良の特質、勤勉や感謝、同情心、そもそもあらゆる理想的なものが彼らには欠けているんだ。外面的には教育を受けたとしても、魂はそれと歩調を合わせない。もし彼らが勝利したら、文明化された民族生活にとんでもない揺り戻しが起こるだろう」ヘルベルトはパトロールのことや小さな戦闘、追跡などに際して、自分が鬨《とき》の声を上げて先頭に立ったことを書いた。そして、皇帝が電報で将校や兵士たちを賞賛したときのみんなの歓声についても。

14

とりわけ誇らしげにヘルベルトが報告してきたのは、ヴァターベルクの戦いについてだった。

一九〇四年八月十日、ドイツ軍はヘレロ人の宿営の周りと山の後ろに緩やかな包囲網を作り、夜のあいだに前進して、八月十一日の朝、攻撃を開始したのだ。

ヘルベルトの中隊は南から、山を登るのではなく平らな土地を通ってヘレロ人に向かって進軍していった。ヘレロ人の宿営はたちまち火に包まれた。茂みや窪地に身を隠しながら銃撃し、跳び上がって鬨の声とともに突進し、また遮蔽物を探し、また銃撃に応え、さらに前進する。今度は鬨の声はあげず、跳躍しながら身を屈め、他の兵士と一緒に列を作って待つ――それが、ヴァターベルクの戦いの最初の数時間だった。機関銃部隊と大砲部隊が到着すると、その援護のおかげでさらに前に進むことができたが、ヘレロ人の抵抗と反撃により、中隊はふたたび茂みや窪地に身を隠すことになった。ヘレロ人が退却や撤退を迫られると、ヘレロ人の女たちの歌声や手を打ち鳴らす音が激しくなり、ヘレロ人は踵《きびす》を返して中隊を押しとどめ、後退さえさせるのだった。ヘレロ人の水場を占領するのが目標だったが、それは午前中も午後もうまくいかなかった。ようやく夕刻になってから、機関銃と大砲がその場所で集中的に投入されたので、ヘレロ人は水場を放棄した。「ようやく水場が我々のものになった。夜が迫ってきた。将軍が通信のために使っていた係留気球が突然火を発し、大きな松明《たいまつ》となってゆっくりと夜空に上がっていった」

ヘルベルトは中隊の人々と一緒に銃撃し、突撃し、戦っていたが、ほとんどヘレロ人を目撃しなかった。戦友たちが戦って倒れていくのは見た。ヘレロ人に関しては、黒い頭や、遮蔽物から遮蔽物へと進んだり戻ったりする際のしなやかな跳躍が見えただけだった。一度、木の梢に座っていた一人のヘレロ人が銃撃され、もんどり打って地面に落ちるのを見た。あるいは一度、シロアリの塚に身を隠していた黒い体が、銃撃で吹き飛ばされ、宙を舞うのを見た。前進する際には戦死したヘレロ人を見たが、同じように、退却する際には戦死したドイツ人を見た。しかし、戦う相手としての生きたヘレロ人は幻影のままだった。「あの黒い悪魔たちがもっと識別できたらいいのに！　声はすぐ近くで聞こえるのだが。彼らを見て、場所を把握するのがどんなに難しかったことか」

水場を占領したときには、ドイツ兵たちはそれ以上戦えないほど疲弊していた。ヘレロ人たちは家畜を連れて東方に逃げていった。翌日、ドイツ兵は彼らを追跡し、ヘルベルトもそのなかにいた。途上には死体が横たわり、退却についていく力のなかった負傷者や老人、子どもたちもいた。道に立ち尽くして飢えと渇きのあまりうなり声をあげている家畜と同じように、人間たちも飢え渇いていた。たくさんの子牛や羊やヤギが喉を掻き切られ、血を吸われていた。水場には、逃げていくヘレロ人に行き渡るだけの水がなかったのだ。追跡するドイツ兵たちが飲める水ももはや残っていなかったし、ましてこれから引き上げる際の飲み水などなかった。

ヘルベルトが本当の意味でヘレロ人と出会うことはなかった。戦闘のときは機関銃のせいで両者のあいだに距離があった。戦闘のあとは、機関銃のおかげで彼らとの距離を保つことができたし、砂漠の外れにある水場に彼らがやってくるのを防ぐこともできた。ヘレロ人たちは砂漠に逃げ込み、結局は何千人もが飢餓のためにそこで死んだのだった。

それからヘルベルトはチフスにかかり、長いこと床に臥せっていた。病気が治ると見張りの仕事につけられ、それからまたパトロールや小競り合いや追跡に駆り出されるようになった。仕事が休みのときには狩りをした。獲物はホロホロチョウや野雁や鳩、ハイラックスやジャコウネコ、スプリングボック、ヤマアラシ、ヒヒ、ハイエナ、ジャッカル、豹などだ。二度、戦友たちとクリスマスを祝った。缶詰の缶を切ってきらきらする星を作り、アカシアの木をクリスマスツリーに見立てて飾ると、「きよしこの夜」を歌った。彼らはくつろいでいた。

ヘルベルトはときおり、捕虜になったヘレロ人を見張らなくてはいけなかった。教育を受け、仕事をこなすことが彼らにできるのかどうかと自問した。もしかしたら機械にやらせた方がいいのかもしれない。ヴァターベルクで戦いのあとに彼らを追跡したとき、彼らが苦しんだり死んだりするのを見たときが、ヘルベルトにとってヘレロ人が最も身近だった瞬間であり、一番同情した瞬間だった。しかし彼らは家畜のごとく、家畜と一緒に死んでいき、大地に横たわっていた。そしてヘルベルトは、馬に乗っていたのだ。

15

南西アフリカから戻ってきたヘルベルトと再会したオルガは、あまりに嬉しかったので、自分が読んだ残酷なできごとについては触れずにいた。しかし、ヘルベルトが話す戦闘や小競り合いやパトロールや追跡の話にも、すぐにうんざりしてしまった。南西アフリカの果てしない広大さや、熱せられた空気がちらちらと揺れることや、蜃気楼や虹、草原が火事になるとき炎の影が空に映ることや煙の雲が上がることなども、もう聞きたくなかった。何を掘り、何を育てて何を植え、何を穿ったり建てたりするかということも、どうでもよかった。「そんなの空想でしょ！いまあるものはどうなるの？」オルガが知りたかったのは、黒人の男女は美しいのか、ということだった。彼らがどうやって暮らしているのか、ドイツ人をどう思っているのか、彼らの将来の夢は何なのか。ヘルベルトが南西ドイツで気に入ったもの、嫌だと思ったものは何なのか。そこでずっと暮らすことは想像できるか。二年間の駐屯で何が彼の心に残ったのか。

　二人はメーメル川（ネマン川のドイツ語名）の岸辺に座っていた。オルガがピクニックのお弁当を用意し、ヘルベルトが馬車を借りてきてくれて、二人は一時間、馬を走らせた。まず村を出てメーメル川へ。それから川に沿って走り、人里離れた場所を見つけるまで。二人は敷物を広げ、ミートボールとポテトサラダを食べた。赤ワインを飲み、尋ねたいと思っていたことをまだ口に出せなかったので、いろいろと別の話をした。尋ねたかったのは、次のようなことだ。いろんな噂を耳にするけど――あなたは向こうで、黒人の女の人と付き合ったの？　寂しかっただろうし――ドイツでは誰か見つけたの？　あなたの両親はあなたのためにお嫁さんを見つけてきた？　わたしたち、これからどうなるの？

　うっとうしい天気に逆らうように、二人は話をした。靄《もや》が立ちこめていて、太陽は薄い雲に覆われ、どんよりした光の板のようで、木々や草地の緑もメーメル川の青も、色がくすんでいた。辺りは静かで、エンジン音を立てて通り過ぎる船もなく、うるさく鳴きたてるガチョウもおらず、遠くから人声がすることもなかった。馬は草をむしっては噛み、ときどき荒い息を吐いた。ときには川が水音を立てた。

　ヘルベルトからの情報だけでは、オルガは満足できなかった。尻のでかい黒人女はドイツ人から見て魅力的ではない、と彼は言った。ヘレロ人は原始的な暮らしをしている。ドイツ人を憎んでいるが、ドイツ人が彼らの運命を握っていて、将来を左右することも知っている。南西アフリカで嫌だったことは、いろいろな病気だ。チフス、マラリア、黄熱病、髄膜炎。気に入ったのは、きみはもう聞きたくないといったけど、やっぱり果てしない広さかな。

「向こうを見て！」もっと詳しく知りたいと思って、オルガは言った。「ここの景色だって、果てしなく広いんじゃないの？　見渡す限り、野原と森ばかりじゃない。平らな土地ではないかもしれないけど、緩やかな丘陵は視界を妨げない。見えるのは地平線まで、でも地平線ならアフリカにもあるでしょう」

「あの丘の左側に村がある。丘の向こうにも次の村がある。向こうに尖って見えるのは教会の塔のてっぺんだ。それに、この川の下流に向かって三十分も馬車で走れば、もうルイーゼ王妃橋が見えるよ。いたるところに人間がいるんだ」

「人間のせいでここには……」

「そう、人間のせいでここには果てしない広さはないんだ」

「どうして人間に敵対するの？　人間がいなかったら何もないじゃない」

「人間に敵対するわけではないよ。でも、いたるところにいなくてもいいんじゃないかな。うまく説明できないけど」

ヘルベルトは腹を立てていた。オルガの質問のせいか、もっとうまく説明できないせいか、自分でもわからなかった。狭いところに閉じ込められたような気がしていた。

ヘルベルトが何かを理解できなかったり、説明や表現ができなかったりするときの様子がオルガは好きだった。彼は強くて、恐れを知らず、人に屈服させられることもなかった。そんな男がオルガは好きだった。でも、男を見上げるだけではなく、男より優れた点も持っていたかった。でも、ヘルベルトがそれを知る必要はないし、そのことで腹を立てたりもしてほしくなかった。

「あなたが走っているのを見たときには、いつも無限に駆けていけるように思えた。わたしにとってはあなたこそ、果てしない広大さよ」彼女はヘルベルトの肩に頭をもたせかけた。「まだいまでも走ってる？」

「アフリカでは走ってないよ。ベルリンに戻ってからは、五時に起きてティアガルテンの周りを走った。ぼく以外には、馬に乗ってる人が何人かいたな」ヘルベルトは両腕をオルガの体に回し、互いに目を見交わしながら向かい合って横になれるように引き寄せた。「白人だろうが黒人だろうが、この二年間、別の女と寝たことはないよ。一人でいるときには……一人でいることはそんなに多くなかったけど……きみのことだけを考えてた。きみと結婚したい。両親と話すつもりだ」

16

ヘルベルトは一週間滞在した。オルガが働く村でも、ティルジットのホテルでも、一緒に泊まるのは不可能だった。でも夏だったし、学校は休みだったし、周辺には森と草地があった。寝るときはいつも森や草地だね、と二人は笑いあった。

最終日、彼らはオルガが親しくしている隣村の家族を訪ねた。メーメル川の北にある農場は概してそうなのだが、その農場も小さく、家と家畜小屋のあいだでは子どもたちが遊び、雄鶏がこれ見よがしに歩いたり、雌鶏たちが地面をひっかいたり、豚と子豚が走り回ったり、犬や猫が日なたに寝そべったりしていた。農婦のザンネとオルガは心からの挨拶を交わし、子どもたちもオルガになついているようだったが、ヘルベルトだけは困惑していた。彼は父親の農場で、下男や下女たちと愛想よく話をするのには慣れていたが、慎ましいながらも人に雇われることなく自営している農婦とその子どもたちに対しては、どう振る舞っていいのかわからなかったのだ。

　オルガは、アイクと遊ぶ際にヘルベルトも仲間に引っ張り込もうとした。アイクは二歳で、ブロンドで力強く、がっしりした男の子だった。オルガと積み木で遊びながら、塔を作るのもそれを壊すのも、同じくらい楽しんでいた。彼らは何度も何度も塔を作っては壊した。ヘルベルトは床に座って一緒に遊ぶ気にはなれず、立ったままその様子を眺め、オルガのコメントについて考えていた。「あんたが小さいときも、こんなだったでしょうね！」小さかったころの自分は想像できなかった。幼年時代の唯一の思い出は、彼の三歳の誕生日にプレゼントするために両親が寝室に置いていた春駒（棒の先端に馬の首をつけ、跨がって遊ぶためのおもちゃ）を見つけてしまったことだった。成長してからは乗馬が好きになったが——春駒ではうまく走れず、あまり好きになれなかった。いま、貧しげな農場と動物や子どもたちの喧噪、声の大きい薄汚れた小さな男の子とオルガの遊びを好きになることはできなかった。幸いなことに夕方には農場主が戻ってきて、南西アフリカについてのヘルベルトの夢想を注意深く聞いてくれた。

　帰りの道、夕闇のなかでヘルベルトは、あの人たちのことどう思ってるんだい、と尋ねた。わたしの仲間よ、とオルガは答え、ヘルベルトは首を横に振ったが、それ以上尋ねなかった。二人はむっとしたまま黙って馬車に隣り合って座っていたが、やがてオルガの住む村が見えてきた。オルガはヘルベルトの手から手綱を取ると、舌を鳴らして馬に合図をし、並足からギャロップに変えさせ、野原を越えて森に向かう道を辿った。ヘルベルトは驚くと同時に、うっとりした。オルガは馬車をガタガタ揺らしながら、切り株や石の上を越えて進ませた。顔には毅然とした表情が浮かび、髪は風になびいていた。そんなオルガは見たことがなかった。そんなにも美しく、これまでと違うオルガは。

二人は、翌朝ヘルベルトがホテルに戻り、列車に乗るときが来るまで愛し合った。オルガは野原を歩いて家に戻っていった。

数週間後、ヘルベルトはまたやって来た。両親と話をしたが、オルガと結婚するなら勘当すると言われたそうだ。ヴィクトリアは零落した貴族の家柄の将校と知り合っており、その将校が彼女と結婚して農場を引き継ぐかもしれないとのことだ。両親はヘルベルトのために妻となる女性も見つけていた。孤児で、砂糖工場を相続しており、ヘルベルトの母親の見立てでは子どももたくさん産めそうだ。父親は、その女性がヘルベルトと一緒に砂糖工場を経営し、砂糖帝国を築けるだろうと考えていた。ヘルベルトと両親は言い争い、声を荒げ、涙を流した。しまいには、ヘルベルトは挨拶もせずに旅立ってしまった。叔母がヘルベルトに遺産を残してくれてはいるが、オルガと結婚して家族を作るには充分ではないとのことだった。だが、その金で二、三年暮らすことはできる。そのあとは——そんなに先のことではないと、ヘルベルトにはわかっていたが、何か大きなことをやってのけるつもりだった。ただ、それが何なのかは、まだわからなかった。

両親に対してと同じく、ヘルベルトはオルガにも何も約束せず、何も拒まなかった。オルガも何も要求せず、文句も言わなかった。あいかわらず夏だった。夏休みは終わっていたが、オルガとヘルベルトが森や草地で愛し合う時間は充分にあった。ただ、ヘルベルトは集中できない様子だった。きみは何も言わないけれど、心のなかは非難囂々《ごうごう》なんだな、と彼はオルガに言った。彼はそのことでオルガを恨み、自分自身を恨んだ。彼は両親に屈従したくはなかったが、彼らと縁を切ることも望んでいなかった。どうしていいか、わからないのだった。数日後、彼はオルガの許からもあっさりと旅立っていった。

17

ヘルベルトはアルゼンチンに行った。ふたたび長時間の船旅をしたわけだが、今回は兵士たちとではなく、ドイツから移民する人々、あるいはすでに移民して一度里帰りした人々と一緒だった。ブエノスアイレスのドイツ教会の牧師や、バーデンにあるアミノベンゼンと炭酸ナトリウム工場の営業マンたちもいた。営業マンたちはアルゼンチンからアンデス山脈を越えてチリまで行く予定なのだ。アレクサンダー・フォン・フンボルトの足跡を辿ろうとするカイザー・ヴィルヘルム研究所の研究者たちもいた。そして、旅行や冒険好きな暇人たちも。

ヘルベルトはブエノスアイレスにはとどまらず、船でパラナ川まで北上した。それは、彼がこれまでに見たこともないような大河だった。アルゼンチンのパラナ川はドイツのライン川を規模の上では上回るが、それでも対等なのだと自分に言い聞かせなければならなかった。オレンジや柳の木の根元を川が流れ、水上に森ができていた。細くて長い水路はいつも行き止まりになるように見えながら、いきなり広くて平らな水面に合流するのだった。岸辺には人家はなく、謎に満ちていた。ときには猿や鳥の鳴き声が聞こえ、ときには深い静寂だけがあった。ロサリオという町でヘルベルトはコルドバ行きの列車に乗り、人気《ひとけ》のない車内で左右の風景を眺めれば、そこには果てしなく広がる平原があった。途中の駅は寂れていて、列車が停車してまた出発するまでのあいだに人の声が聞こえることはなかった。何度も何度も、線路の横に馬や牛の死体があるのが見えた。死骸の上に屈んで肉を引き裂いている鳥たちは、列車の方を振り返ることさえしなかった。数少ない木々は枝がぐちゃぐちゃで奇妙な姿になっていた。冷たくて鋭い風が平野の向こうから列車のなかに吹き込み、ヘルベルトの顔に吹きつけたので、彼は歯をがちがちと鳴らした。

コルドバで彼は馬と食糧を買い、トゥクマンへと向かった。途中で大きな車輪と丸い屋根をつけた荷車を長々と連ねている一行を追い越した。荷車には穀物が積まれており、六頭の雄牛がそれを引いていた。彼は野生の馬の群れにも遭遇した。その群れはギャロップで近づいてきてしばらくヘルベルトに伴走し、またギャロップで走り去っていった。途中にある村は小さくて貧しく、正面が赤くて鋸壁《きょへき》の白い家々が、ほんのわずかに建っているだけだった。干上がった塩湖の白が無限に続く風景が、彼の目をくらませた。風が巻き上がると、細かい赤い砂粒が服の縫い目を通り、毛穴や目や耳や口のなかにまで入ってくる。夜になるとヘルベルトは火を熾し、村や農場で買うことができた食べものを焼いた。鶏一羽とか、肉やじゃがいもなどだ。だんだん暖かくなってきた。ある日、いつもとおなじ平原だけではないものを見た。霞のなか、地平線に一連なりの高い山並みが、白い頂とともに青く見えてきたのだ。アンデス山脈だった。

休憩中、彼は蛇に足を噛まれた。次の村で医者か床屋を見つけられるのではないかという期待を胸に馬に飛び乗ったが、まもなく進めなくなり、落馬してしまった。気がついたのは数時間後、もしかしたら数日後だったかもしれない。彼は女や子どもたち、土色の顔をして、吊り上がった目と前に張りだした頬骨のインディオたちに囲まれていた。蛇に噛まれた箇所は切開されており、縫合はされていなかったがしっかりと包帯が巻かれて、炎症は起きていなかった。ヘルベルトは自分の上着の裾に縫い込み、緊急時のために隠してあった金貨を取り出し、インディオたちに渡した。それからお辞儀をし、また馬に乗って出発した。インディオたちは彼から目を逸らさず、ゆっくりと首を動かして目で彼を追った。

一週間後、彼はトゥクマンに着いた。そこで発熱し、治ったときには時間も金も足りなくなっていた。アンデス山脈に到着しないまま、帰らなくてはいけなくなった。いずれにせよ彼が好きなのは平野であり、地平線から地平線まで半球を描く天空だった。そして、なにものにも遮られることなく地の果てまで向けられるまなざしだった。アンデスの雪を経験したかったな、と彼は思った。

その代わりに、カレリア（スカンジナビア半島の付け根にあるロシアの自治共和国）の雪を体験することになった。それが、彼が次に旅をした寂しい場所だった。アルゼンチンから戻るとすぐに、ふたたび馬と、今度は犬も連れて。夏のあいだ、何週間かその土地を旅してみるだけのつもりで、白夜を体験し、熊を倒そうと思っていた。しかし、結局はその土地のさまざまなものから離れがたくなってしまった。太陽が毎朝霧を照らすときの黄金の輝きや、夕刻になって水辺や湖を照らし、夜空の端を染めるときの金色。白樺と疎《まば》らな森。見事に水から体を持ち上げ、水の上を助走して空中に飛び立ち、また見事に着水する白鳥たち。ずんぐりと力強く、ヘルベルトと同じように一人きりで行動しているヘラジカの姿。彼は魚とキノコと木イチゴ類で腹を満たし、朝から晩までついてくる蚊の大群にも黙って耐えた。九月になると色彩が変わった。白樺の葉は黄色く光り、コケモモの葉は赤くなった。そのあいだで松の緑がきらきらと輝き、さまざまな地衣類が白い光を放っていた。

例年よりも早く冬が始まった。カレリア人はそれを感じ取って、ヘルベルトに警告を与えた。しかし彼は、鉄の宰相ビスマルクの「我々ドイツ人は、神以外、世界の何者も恐れない」という言葉に従って行動し、ふたたび移動を始めた。最初の雪が降ったとき、ヘルベルトはどこかの小屋に避難することができた。しかし、雪に降り込められて閉じ込められてしまう危険があったので、そこに長くとどまることはできなかった。彼はふたたび出発し、雪と闘いながら、一週間後に郵便馬車の駅に戻ってきた。もともとそこで、森に行かないように警告を受けたのだ。人々は彼がもう生還しないものと思っていた。雪と寒さのなかで、生還を諦めてしまうだろうと思われていたのだ。しかし、ヘルベルトは諦めなかった。カレリアでのこの体験の後、自分は諦めさえしなければ何でもできるんだ、と信じるようになった。

18

その後も、いろいろな旅が続いた。ブラジル、ロシアのコラ半島、シベリア、カムチャッカ。旅はたいてい数か月続いた。シベリアにはほとんど一年いた。旅と旅のあいだに彼は両親を訪ねたが、両親はすべてを保留しようとしていた。ヴィクトリアと将校の結婚も、ヘルベルトと砂糖工場の跡継ぎとの結婚も。しかし、状況は両親の思惑からは外れていった。ヴィクトリアはルール地方出身の若い工場主と出会った。彼はヴィクトリアとの結婚には興味を示したが、農場を経営する気はなかった。一方、砂糖工場の跡継ぎの女性は、ヘルベルトと結婚しなくても経営に充分成功していた。ヘルベルトは、跡継ぎの女性が待つのにうんざりして彼との結婚を諦めてくれれば、そしてヴィクトリアが結婚してルール地方に行ってしまえば、両親が農場を彼とオルガに委ねるのではないかと期待していた。しかし、両親は諦めずに彼をせっつき、脅し続けた。するとヘルベルトは口やかましい父親と泣いている母親を避けて、ベルリンへ、もしくはオルガのところへ、行ってしまうのだった。

オルガのところに来るときには数日間だったり、一週間か二週間の滞在だったりした。ティルジットのホテルに泊まり、馬を借りて毎日オルガを訪ねた。彼女が生徒のノートをチェックしたり、縫い物や料理をしたり、果物や野菜を保存用に漬け込んだりしているとき、彼は傍らに座って彼女を眺めていた。ヘルベルトは旅行の話をした。すでに行ってきた旅のこと、これからするつもりの旅のこと。オルガは耳を傾け、質問をした。彼の旅のルートや目的地について本を読んでいたので、いろいろなことをすでに知っていた。あるときは馬車を借りて、一緒にメーメル川へのピクニックをした。あるときは始発列車に乗ってティルジットからメーメル川へ行き、日中をクルシュー砂州（バルト海沿岸の風光明媚な砂州）の海岸で過ごして、最終列車で帰ってきた。

オルガはヘルベルトが、もっと自分の生活の一部であったらと思った。彼が水曜日に聖歌隊で歌ってくれたり、日曜日に教会の二階席で足踏みオルガンの送風機を踏んでくれたり、九月には十七世紀に東プロイセンで生きた牧師夫人を記念する「ターラウのエンヒェン祭り」を手伝ってくれて、一緒にアイクの成長を喜んでくれたらいいのにと思っていた。しかし、彼女の外出に付き合うとき、彼は他の人々に対してあまりにも引っ込み思案だったり毅然としすぎていたりして、ちょうどいい雰囲気で接することができず、不機嫌になっていた。

自分がヘルベルトの人生のなかで演じている役割は、既婚男性にとって愛人が演じる役割のようだ、とオルガは気づいた。既婚男性は自分の世界のなかで生き、自分のやりたいことをやる。そして、たまに人生の時間を少しだけ空けておいて、愛人とともにその時間を過ごすのだ。だが愛人は、彼の世界にも目的にもまったく関与していない。ヘルベルトは既婚者ではなく、戻っていくべき妻や子どももはいなかった。オルガは、ヘルベルトが彼女を愛しているのを知っていたし、彼が他人に対してできる最大限の歩み寄りを、彼女に対してしてくれているのもわかっていた。他人と一緒にいて感じうる最大の幸福を、彼はオルガと一緒にいるときに感じていた。ヘルベルトは自分がオルガに与えられるものはすべて、彼女に与えてくれていた。しかし、彼女がほんとうに望むものを与えることは、彼にはできないのだった。

一九一〇年五月、ヘルベルトはティルジットにある帝国地理歴史協会で、北極地帯におけるドイツの役目について講演を行った。たまたまレストランでこの協会の会長と話す機会があり、自分がこれまで行った旅行やいま計画している北極への旅行について話したところ、すぐに講演に招待されたのだった——会長にとって、講演してくれそうな人物をティルジットまで連れてくるのは容易ではなかったのだ。近衛連隊学校の講堂は満員になった。ヘルベルトは最初はゆっくりと手探りで話していたが、聴衆の顔に浮かんだ関心を読みとると、どんどん情熱的にしゃべり始めた。

ヘルベルトは一八六五年にペーターマン（ドイツの地理学者アウグスト・ペーターマン。一八二二〜七八）が行った、凍結していない北極海に到達する試みについて語った。当時、多くの探検家が夢見ていたことだ。それからコルデヴェイ（ドイツの北極探検家カール・コルデヴェイ。一八三七〜一九〇八）が行った、一八六九年から七〇年にかけてのグリーンランド東岸調査探検。これは「ゲルマニア」と「ハンザ」という船を使って行われ、「ゲルマニア」

の乗組員たちが重要な調査結果を持ち帰った。「ハンザ」の乗組員たちは船が難破したあと、氷山の上をさまよいながら勇敢に越冬し、春になってからボートで人間の集落まで到達した。ドイツの男たちの規律、ドイツ人の冒険心や英雄的精神が北極海で見事に発揮され、ドイツ国旗を北極点に翻らせることもできた。アメリカ人のクックとピアリーはそれぞれ北極点に最初に到達したと宣言しているが、まったく不当なことだ。しかし、ドイツ人の関心は北極から南極に移ってしまった――ヘルベルトは、それが自分には理解できないと言い、一九〇一年から三年にかけてのフォン・ドリガルスキ（ドイツの地理学者で探検家のエーリヒ・フォン・ドリガルスキ。一八六五～一九四九）による南極調査の失敗にも同情は感じないと言った。「ドイツの未来は北極にあります。北極で手つかずのまま雪と氷の下にまどろんでいる大地に。地面に埋蔵されている貴重な資源、漁場や猟場、ドイツを太平洋の植民地と早く容易に結んでくれる北東航路。神を信じ自分を信じて北極を得ようとドイツが試みるなら、北極はそれを拒まないでしょう」

ヘルベルトは講壇の後ろに立っていたが、拍手喝采のなかで前に進み出て、ドイツ国歌を歌い始めた。聴衆も立ち上がり、声を合わせた。「ドイツ、世界に冠たるドイツ！」

19

「このイベントはきみ向きじゃないよ」とヘルベルトは講演の前にオルガに言ったが、それでも彼女は来た。一番いいワンピース、胸元の大きく開いた青いベルベットのものをハイカラーの白くて軽いブラウスの上に着て、男たちの賞賛のまなざしを楽しんだ。彼女は歓迎パーティーが終わるまで待っていた。パーティーではヘルベルトはみんなからちやほやされ、ドイツや皇帝や海軍や北極に乾杯し、ヘルベルトに対しても乾杯の声があがった。窓辺に立っていたオルガのところに、顔を輝かせ目をキラキラさせたヘルベルトが歩み寄ってきた。彼女は、彼が聞きたがっていた言葉を言った。これほど顔を輝かせ目をキラキラさせているのだから、褒められるのが当然ではないか？

彼らは厩舎に行った。遅い時間だったにもかかわらずヘルベルトは馬車と馬を借りることができて、オルガを家まで送っていった。彼はしゃべりにしゃべった。自分の講演における言い回しを彼は特に自慢していて、それをオルガもすばらしいと思ったかどうか聞きたがった。南極に対する彼の疑念が証明され、北極に対する彼の夢がより具体的なビジョンを帯びてきて、いまこそ言葉を行為に移すときだ、という意見にも同意を求めた。だが、オルガの返事はしまいには単調になってしまい、彼は沈黙した。

月が野原を白い光に浸していた。オルガは雪のこと、北極や南極のことを考えた。でもいまは五月で空気は生暖かく、ナイチンゲールが鳴いていた。オルガはヘルベルトの腕に手をおいて知らせた。ヘルベルトは馬車を停め、二人はうっとりとナイチンゲールの声に聞き入った。

「ナイチンゲールの歌は、臨終の床にある病人に穏やかな死をもたらすんですって」とオルガはささやいた。

「ナイチンゲールは恋人たちに歌っているんだろう」

「わたしたちね」オルガはヘルベルトに体を寄せ、彼はオルガに腕を回した。「あなたは、北極で何をするつもりなの？」

「我々ドイツ人は……」

「違う違う、我々ドイツ人が何をするかってことじゃなくて。あなたは北極で何がしたいの？」

彼は沈黙し、彼女は待っていた。ふいに、風の音や馬の息づかいやナイチンゲールの歌声が、悲しいものに思えてきた。まるで、自分の人生が待つことから成り立っていて、その待機には目的も終わりもないのだと教えられているような気がした。その考えはオルガを身震いさせたが、ヘルベルトもそれを感じ取って、彼女の問いに答えた。

「きっと到達できると思うよ。北極点にも。北東航路にも。まだ行ったことはないけれど、できると確信しているんだ」彼はうなずいた。「ぼくにはできる」

「それからどうするの？　北極に到達して、北東航路を横断したら？　それが何になるの？　北極には何もないし、北東航路はたいてい凍結してるって言っていたじゃない。あなたが横断したって、その航路はたいていふさがってるのよ」

「なんてことを訊くんだ？」彼は苦しそうに彼女を見つめた。「きみの問いに答えなんて出せないことを知ってるくせに」

「広大さ？　果てしのない広さ？　それが大切なの？」

「何とでも、言いたいように言えよ」ヘルベルトは肩をすくめた。「連隊に友人たちがいて、まもなく戦争になるって言うんだ。そうしたら戦争に行くさ。でも戦争が起こらなかったら……これ以上は説明できないよ」

あなたは何も説明してくれなかった、とオルガは思った。なんにも。

20

秋までは、ヘルベルトは講演の仕事をしていた。ティルジットで成功したからといって、それがベルリンやミュンヘンや他の中心都市や城下町での成功を意味するとは限らないと、彼にはわかっていた。他の都市の聴衆はもっと情報通で、批判的かもしれなかった。他の都市では、ノルデンシェルド（スウェーデンの地理学者・探検家、一八三二〜一九〇一）がすでに一八七八年から九年にかけて北東航路を通過したことや、クックが一九〇八年に北極点に到達し、ピアリーが一九〇九年に到達したという主張を巡る争いが、その種の主張を証明したり反証したりする難しさを示していることにも、触れないわけにはいかなかった。北東航路を通過するのには膨大な時間と運が必要だった——それはわかっていた、それ以上に何を知る必要があったろう？　北極点に到達し、それを証明するのは、金がかかり、危険で困難なことだった——どんどん改良されている飛行機が、いつの日か、それをやってのけるのではないか？

ヘルベルトは北極海の北東航路について、ドイツ人がそこを探索する必要があること、つまりは自分がそこに行って探索する必要があることを講演するつもりだった。北極海のシベリア沿岸は地図の上ではまだきちんと把握されていなかった。アメリカやグリーンランドの北極海沿岸に比べても、まだ遅れた状態だった。北東航路がきちんと調査され、測量が行われれば、ヨーロッパとアジアを結ぶ航路について最終的な判断を下すことができるのだ。そうやって北極海を巡る環状ルートが開通してから、そこにある資源についても判断可能になるのだ。

講演のほかに、ヘルベルトは手紙を書きまくった。彼は学術団体に自分の講演を売り込んだ。地理学会、人種学会、地理民族学会、地誌学会、人類学会、民族学会、古代史学会、海洋学会。フォン・ドリガルスキに手紙を書いて、公的な支援を頼んだ。ベルリンやハンブルクの会社には、服や食糧などの物資の支援を要請した。ブロックハウス社には、北極をテーマにした絵はがきを売り出して、売り上げの一部を探検隊に寄付してもらえないだろうかと持ちかけた。講演への招待が届くと、その土地の支配者や政治家、工場主、銀行家、その他の有名人に手紙を書き、個人的に講演に招待した。

ヘルベルトがそうした手紙を書いていた数か月のあいだ、多くの時間を自分のところで過ごしてくれたのが、オルガは嬉しかった。ヘルベルトは自分が書いたものを、講演も手紙も朗読してくれて、彼女の提案に耳を傾けた。オルガは彼に、一つの講演を書くだけではなくそれをいくつかの段落に分けて、さまざまな講演のたびに組み合わせて使えるようにすることを教えた。それから、原稿を見ないで話すことも教えた。まず段落を書き、それを暗記させた。後にはその段落についてのメモを見るだけで話せるようになった。オルガは彼と一緒に練習し、話を中断させたり途中で声をかけたりし、質問をして、彼の主張に反論した。彼が困ったときに頭を掻いたり、攻撃されたときに声を荒げたりする癖を、次第になくすようにした。そうやって、演説家として彼を育てたのだ。

彼女はヘルベルトに、もし探検隊のための支援者やスポンサーを集めたいなら、どんな人とでも付き合うことを学ばなくてはいけないとわからせた。そして、自分が住む村でそれを始めさせようとした。ヘルベルトは前よりもいい振る舞いをするようになった。人見知りがなくなった。

だが、ときに偉そうに見えてしまう、つっけんどんな態度はまだ残っていた。

ヴィクトリアはその間にラインラントの男に嫁ぎ、例の砂糖工場の相続人は別の砂糖工場の所有者と結婚したが、ヘルベルトの両親はそれでも、オルガはヘルベルトの妻としてふさわしくないという意見を変えなかった。叔母からの遺産である彼の財産は少なくなっていき、両親は、経済的困窮によって彼が従順になることを期待していた。しかし、財産の減少は、とりあえずヘルベルトがティルジットでもっと安いホテルに泊まり、馬と馬車を借りるのではなくシュマレニンケン（現在のリトアニアにある小都市）まで軽便鉄道に乗り、駅から村までの六キロを歩くか走る、という変化をもたらしただけだった。馬と馬車を家の前に停める必要がなくなったので、人目につかずに泊まっていくこともできるようになった。

十二月のある夜、ヘルベルトはすでに暗くなってからやってきた。オルガはヘルベルトが来ないだろうと思っていた。彼女の家にはアイクが来ていた。農場の他の子どもたちが病気になってしまって、母親はふくらはぎへの湿布やフランスブランデー（アルコールを薄めた塗布薬）の塗布、シナノキの花茶を飲ませるので大忙しだった。それに、アイクに病気がうつらないようにしたいということで、オルガのところに来させたのだ。オルガとアイクは遊んでいて、ヘルベルトもしかめ面をしながら一緒に遊んだ。オルガが料理をしているあいだ、二人はまだ遊んでいて、それから三人でテーブルを囲んで食事をし、オルガが皿を洗っているあいだ、二人はさらに遊んだ。彼女はヘルベルトとアイクの声を聞いていた。「イライラしないで！」（Mensch ärgere dich nicht!）というすごろくゲームは、二人にとっては初めてだった。二人はイライラし、悔しがったり笑ったりした。オルガがアイクを、寝室に入らないのでキッチンに置いてあるベッドで寝かしつけると、彼女はテーブルの上に下がっているランプを下の方に引っぱったので、テーブル以外の場所やアイクのベッドは暗闇に包まれた。

ヘルベルトは読書していた。アムンゼンの北西航路航行報告書が郵便で届いたのだ。オルガは生徒のノートを一山、自分の前に置いていた。ノートを開いたものの、読みはしなかった。彼女の頬を涙が流れていた。

「どうした?」ヘルベルトが顔を上げ、立ち上がって彼女の横に跪《ひざまず》いた。彼はオルガの両手を撫で、ささやいた。「どうした?」

「ただ……」彼女もささやき返したが、それだけで涙の水門を開くには充分だった。「それは……」彼女はすすり泣きながら首を横に振った。

「何?」

「アイクの息が聞こえる?」

21

一九一一年五月二十一日に、ヘルベルトはアルテンブルクで最初の講演を行い、エルンスト・フォン・ザクセン゠アルテンブルク公爵を最初のスポンサーとして獲得した。

ヘルベルトは一九一二年の夏に北東航路への旅に出るつもりで、一年あれば資金集めと準備には充分だろうと思っていた。しかし、フォン・ドリガルスキはヘルベルトの目論見に賛成するどころか反対し、ヘルベルトに地理の知識や北極での経験がないことを指摘した。ハンブルクやべルリンの会社も支援に消極的だったし、当初は絵はがきのプロジェクトに心を動かされたブロックハウス社も、興味を失っていった。一九一二年から一三年にかけての冬も講演をひっさげて町から町へと巡回した結果、ようやく遠征の資金が集まった。といっても、それは本格的な遠征の前の準備遠征で、その旅で装備と食糧を試し、隊員たちを北極の生活に慣れさせ、鍛えることになっていた。準備遠征が成功し、本格的な遠征に向けた熱狂の波が起こることを、ヘルベルトは期待していた。

目的地は北東島。スピッツベルゲン諸島（現在のノルウェー領スヴァールバル諸島）の一つで、ほとんど知られていない島の内陸部を冬が来る前に横断したいとヘルベルトは考えていた。最初は一九一三年の初夏に出発するつもりだったが、その前にあるイベントを通して、本格遠征の資金を獲得するための宝くじに参加することになった。ところがこのイベントの企画がなかなかまとまらず、延びに延びてしまった。他の隊員たちとノルウェーのトロムソで合流するためにようやく出発できたときには、七月も末になっていた。

出発前夜、彼はオルガに別れを告げた。彼女は当初、この遠征も彼がこれまでにした多くの旅と同じだろうと思っていた。他の旅行のときには、彼を列車や船まで送っていくことはなかったのだ。ところがヘルベルトは、出発前にベルリンに来て自分と会ってくれ、とオルガに頼んだ。彼女はベルリンに来たが、別離の前に近くにいたいという彼の欲求を喜ぶべきか、彼を駆り立てる秘かな不安について心配するべきか、わからなかった。

ヘルベルトはオルガを迎えに駅までやってきて、準備期間のあいだ自分が借りていた住居に連れていった。それから彼女を一人残して出かけていった。まだミーティングがあったのだ。いつ戻るかは彼にもわからなかった。ヘルベルトは緊張しており、急き立てられて落ち着かない状態だった。オルガは彼に影響されずにゆったり過ごすつもりだったが、待っているあいだにどんどん不安になってきた。あちこち歩き回り、中庭が見えるキッチンの窓から廊下と客間を通って、花と噴水のある広場が見える仕事部屋の窓まで行き、また戻ったりしていた。あれこれ探るつもりはなかったが、ヘルベルトのデスクの脇に立ち、置いてある書類を見てみた。請求書、リスト、パンフレット、チケット、抜き書き、手紙、メモ。そのなかに、ヘルベルトの筆跡で書かれた詩があった。

最初に考えろ！　そして全力で成し遂げよ！
願わくば人生の花の時期に斃《たお》れ
勇敢に奮闘して人類の役に立て
のんびり年老いて杖を突くよりは

彼はオルガにこれを伝えたいのだろうか？　自分が人生の花の時期に斃れるために旅立つのだということを？　彼は北東島を横断するのではなく、もっと大きな計画を立てているのだろうか？　彼は北東航路の航行と北極到達を願っているのか？　冬が始まっても帰らないつもりなのだろうか？

キッチンにジャガイモと卵とベーコンがあるのを見つけたので、ジャーマンポテトを作ることにした。シャンパンがあったので流水で冷やした。赤ワインもあった。ヘルベルトが戻ってきて、二人は食事をした。ヘルベルトは船のことばかり話した。まだ北東島への船を見つけていなくて、トロムソで調達しなければいけないのだ――もしトロムソで見つけられなかったら、どうすればいいのだろう？

オルガはベッドで言った。「あなたの詩、読んだわ」

ヘルベルトは黙っていた。

「冬が始まるまでに帰ってくるんだよね？」

「あの詩を書いたのは何年も前だ。遠征とは関係ないし、他の旅行とも関係ない」

「冬が始まるまでだよね？」

「そうだ」

22

まだ八月のあいだに、オルガは「ティルジット新聞」で、遠征隊の隊員二名がトロムソで離隊して帰国したという記事を読んだ。それはつまり、ヘルベルトが北東島かスピッツベルゲン諸島で越冬の決断をしたということにほかならない。オルガは憤慨し、裏切られた気分になって、ヘルベルトに怒りの手紙を書き、局留めでトロムソに送った。彼が遠征から戻ってそれを読むことになってもかまわないと思った。怒りを発散させずにはいられなかったのだ。二日後には怒りが冷めて、オルガは次の手紙を書き、封筒に「最初にこっちを読んで！」と書いた。たとえ帰還後に読むとしても、長くて暗い冬を過ごすことに対して励ましの言葉をかけたかった。彼女はいま、彼を励ますことでむしろ自分を励ましていた。そして自分を責めた。あなたには何でもできる、諦めてはいけない――前の手紙では、カレリアのときのようにあなたが雪に降り込められるのを防ぎたかっただけなのよ！

一月、また「ティルジット新聞」に記事が出た。ヘルベルトがトロムソで買った船が、流氷に閉じ込められたとのことだった。その船はヘルベルトと他の三名の隊員を北東島で下船させたのだが、もう迎えに行くことができなかった。船長と他の隊員は周りを氷で固められた船を最終的に放棄して、次の集落まで三百キロの道のりを徒歩で移動した。そして、船長はその場所にたどり着くことができた――たった一人、ひどい衰弱状態で、重度の凍傷にかかり、あまりにも疲れていたので、何日も話ができない状態だった。あとの人々は途中でついていけなくなり、取り残されてしまったのだった。

それ以後、新聞は毎週のように遠征隊の運命について書き立てた。まだ一月のうちに、ノルウェーの救援隊が出発した。二月には第一次のドイツ救援隊が出発し、三月には第二次、四月には第三次、五月には第四次と続いた。救援隊の出発や帰還が報じられないときでも、憶測の種は尽きなかった。スピッツベルゲン諸島や北東島には、以前の遠征隊や鯨獲りの漁師、ハンターたちが建てた小屋がいくつかあった――ヘルベルトの遠征隊の隊員は、どの小屋に到達できたのだろう？　船長と一緒に出発したが、途中で彼と別れた隊員たちは、どのルートを辿ったのだろう？　ヘルベルトと彼についていった隊員たちは、どのルートを辿ったのだろう？　それとも彼らは、冬の始まりとともに小屋を見つけたのだろうか、宿営を築いたのだろうか？　冬が終わったら、船が北東航路を航行したあとで彼らを拾うことになっている入り江に姿を現すだろうか？　本物や偽物の専門家たちがさまざまな発言をし、行方不明になっている人々はこれから発見され救われる見込みがあるだとか、もうそんな希望はないだとか、すべては湾の海流がどれくらい強く北東島の冬の天気に影響したかによる、などと説明してみせた。ヘルベルトについては、彼の戦争体験や旅行体験、実行力や決断力について報道されたが、一方で彼の軽率さも指摘された――遠征隊の出発が遅すぎたのだ。

オルガはすべての記事を読んだが、どの救援隊がいつどこから出発したか、ということに興味はなかった。ヘルベルトがどうなったかだけを知りたかった。四月になって、船長と一緒に出発したが、諦めて船に戻った二人の隊員が救助された。他の四人は亡くなった。救助された二人は、ヘルベルトについては彼が八月に北東島を横断するために出発して以後、何も聞いていなかった。七月には、北東島でのヘルベルト捜索とルートの発見に全力を注いだ救援隊が戻ってきたが、彼の痕跡は見つけられなかった。新聞にとって、この件はもう小さな記事にしかならなかった。ちょうどオーストリアが、セルビアに宣戦布告したところだった。

オルガは望みを捨てず、トロムソの郵便局宛てにヘルベルトへの手紙を書き続けた。救援活動が終わったのは知っていた。それでも、新聞が届くたびに彼女の鼓動は少し速くなった。しかし、ラップ地方やデンマークの集落にヘルベルトが予期せず到着したというニュースは載っていなかった。彼女は、デンマークの遠征隊がグリーンランドで二冬を生き延びたという記事もどこかで読んでいた。どこかで――ひょっとしたら自分の読み間違いで、二冬ではなく一冬だったかもしれなかったが、オルガはもう、その記事を探し出して読み直す気にはなれなかった。

ヘルベルトの状況が奇妙に非現実的であることが、彼女を苦しめた。彼が南西アフリカに旅立ったときは、現地の様子を思い浮かべることができた。彼が手紙で具体的な描写をしてくれたし、軍事郵便は信頼がおけて、定期的に届いたからだ。アルゼンチンとカレリアにいるときには、彼はあまり手紙を書かなかったが、戻ってきてからたくさん話をしてくれた。それはブラジルやコラ半島やシベリアやカムチャッカのときも同じだった。北極は、オルガにはイメージできなかった——それとも、抵抗があってイメージしたくなかったのだろうか？　冬の雪は知っていたし、メーメル川やクルシュー砂州の潟が凍結したときに、上を歩いたこともあった。しかし、雪原や氷山、氷河やホッキョクグマ、セイウチ、毛皮や布に体を包んだ男たちがスキーや橇《そり》や犬たちとともに英雄的なポーズを取っている様子は想像できなかった——新聞画家たちは写真で見た光景を黒い線を薄くしてスケッチしており、オルガにはまるでカリカチュアのように思えた。まるで北極が悪い冗談のように。その一方で、彼女は真剣に自分を責めていた。これまでヘルベルトと彼のプロジェクトや計画について話してこなかった。それを疑問視したり、やめさせようとしたこともなかった。ヘルベルトが夢中になり、顔を輝かせ、目をキラキラさせているのを喜んでいた。まるで彼が子どもで、すべてが遊びであるかのように。いまや、その遊びは四人の命を奪ってしまった。いや、それどころか八人の命を。もしヘルベルトと三名の隊員が戻ってこないならば。

23

その後、ドイツがロシアに宣戦布告した。ロシア軍がティルジットを占領したが、また退却を余儀なくされた。その間、人々は家の前に立って、タンネンベルク（現在はポーランド領ステンバルク。ここで一九一四年八月に「タンネンベルクの戦い」があり、ドイツ軍がロシア軍を破った）から聞こえてくる大砲の音に耳を澄ましていた。それから戦場は東に移動した。ふたたび、農事暦に従った日常生活が戻ってきた。秋には収穫と脱穀と耕作を行い、春には畑に肥やしをやって馬鍬《まぐわ》で耕し、種を蒔いた。戦争中の一九一五年の夏には平和な年の夏と同じように、アザミを抜き、雑草を刈り取り、ジャガイモの害虫を取り除いた。

ただ、男性がいなくなっていた。妻や母親たちのうちには、すでに喪服を身につけている者もいた。老いた女や若い女が集まり、いつもなら男性がする仕事をこなさなくてはいけなかった。隣村に住むオルガの友人たちは幸運だった。夫はまた戦場から戻ってくることができた。左腕を失ってはいたが、生きて戻ったのだ。妻は自分の幸運を見せびらかしたくないと思っていたが、それでもほほえみを浮かべて村のなかを歩いていた。

オルガはもう、本気で期待してはいなかった。ヘルベルトが出発してから二年が過ぎていた。デンマーク人がグリーンランドで持ちこたえられたよりも長い期間をヘルベルトがスピッツベルゲン諸島で持ちこたえられるなんて、夢でしかなかった。オルガはその夢からすぐに目を覚ました。しかし、ヘルベルトの死も彼女にとっては非現実的だった。ヘルベルトのことを考え、心のなかで彼と話しながら生活するのは、これまで彼が行ったたくさんの旅行の際に彼のことを考え、彼と話し、彼を体験するのとまったく変わらなかった。オルガは長いあいだ留守にするヘルベルトとともに生きる術を学んでいたのだ。多すぎるとか長すぎるといった区切りを、彼女は感じなかった。

ヘルベルトが彼女の人生から消えたわけではないにしても――フランスにおける大量の死は、

彼の死をオルガに理解させた。女性教員講習会で親しくなった友人が、自分の二人の弟やその友人たちの死について、便りをよこした。マルヌの戦いで、フランドル地方で、シャンパーニュ地方で、彼らは戦死していた。オルガは、まるで一つの世代がごっそり消されてしまうような気がした。そして、彼らとともに、ヘルベルトも。彼が氷のなかにいる様子をうまく想像できなかった。彼が戦場で攻撃しているところなら、難なく想像できた。そうした攻撃については新聞が報じていた。若者たちはそんな戦いの際、勇敢にかつ喜ばしげに、死へと突進していったのだ。

秋に、オルガの祖母が肺結核で亡くなった。彼女は体の痛みを訴え、どんどん痩せていったが、オルガのところへ引っ越したり、養ってもらったりするのは嫌がり、自分のベッドで死ぬと言い張った。いつも様子を見にいってくれていた隣人が、ある朝、祖母が死んでいるのを発見した。

オルガが到着したとき、祖母はもう教会の棺に横たわっていた。オルガはその傍らに座り、通夜をした。夕闇が降りるときから夜が明けるときまで、自分を引き取って育ててはくれたけれど、心が通じ合わなかった女性のそばで過ごした。自分と祖母のあいだで起こったこと、いまでは終わってしまったことについては、オルガは悲しくなかったが、起こらなかったことについて悲しく思った。人生を生き切ることなく戦死してしまった若い男性たちのことや、ヘルベルトと自分がもう決して生きることのない人生のことも悼まずにはいられなかった。突然、すべてが現実になった。喪失も別離も、痛みも悲しみも。オルガは泣き始め、涙が止まらなかった。

24

オルガはその後も村の学校で教えていたが、ヴェルサイユ条約締結後、メーメル川の北側はドイツから切り離され、フランスの管理下におかれて、一九二三年にはリトアニアに併合された。そのあとは、オルガはメーメル川の南側で授業をするようになった。

そのころの彼女の喜びといえば、アイクの存在だった。彼は才能豊かな子どもで、創意工夫ができ手先も器用で、自分のためにボートや木製の車を作ることができた。夢想家でもあり、広い海や遠い国々の話をいくら聞いても飽きることがなかった。アイクがジョナサン・スウィフトやダニエル・デフォーを読む年齢になったとき、オルガはヘルベルトの旅行の話をしてやった。南西アフリカやアルゼンチン、カレリア、コラ半島やカムチャッカ半島、シベリア。スピッツベルゲンについては話したくなかった。ヘルベルトが行方不明になったということも。

オルガはアイクに、英雄的なヘルベルトの姿を見せようとした。ポンメルン地方出身の、自分を過大評価して凍死した若者としてではなく、遠くて広大な場所に憧れた冒険家、決して諦めず、大変な辛苦に耐え抜き、非常に危険な旅を成し遂げた人物として。オルガはまるで、世間的には破滅してしまったヘルベルトを、アイクに対してはヘルベルトが自分をそう見なしていたように、あるいはそう見られたがっていたように、伝えたいと思っているかのようだった。彼女はまるで、自分で自分を非難していたことも忘れてしまったようだった。後にオルガは、ヘルベルトが人生の道を誤り、最終的には自分の命を損ない他の人も道連れにしてしまったように、アイクも道を誤るのではないかと恐れた。しかし、彼女はそのころにはもう、アイクに対する影響力を失っていた。

アイクは才能があったおかげで村から都会へ、国民学校から高等学校へ、ティルジットからべルリンへと進むことができた。ベルリンの工科大学で建築を学んでいるアイクを、オルガはときおり訪ね、その姿に感嘆した。背が高く、ブロンドで、聡明な顔と青い目、スポーツマンタイプできびきびしていた。後には建築で賞をとり、ハレでデパートを、ミュンヘンでホテルを、ジェノヴァで領事館を設計し、長いあいだイタリアで生活していた。オルガは一度イタリアにも行き、彼にローマを案内してもらい、若い女性の同僚を紹介された。ユダヤ人で、彼以上に活発な女性で、アイクは気づいていないようだったが、彼以上に賢い女性だった。オルガはその女性が気に入り、彼女の方が優れているとしても、アイクがそれを受け入れ、二人が結婚することを願っていた。しかしあるときから、その女性はもうアイクの手紙のなかで言及されなくなってしまった。

一九三六年の夏、アイクはイタリアから戻り、ナチ党に入党し、親衛隊に入った。彼はドイツの生存圏をメーメル川からウラル山脈まで広げることを夢想した。黒土《チェルノゼム》から大草原まで、見渡す限りの波打つ小麦畑、膨大な数の牛の群れ。彼の夢想の国にはドイツの防衛村だけがあり、それ以外は人気《ひとけ》がなかった。犂《すき》の前にそれを引く雄牛が、馬車の前に馬が必要なように、農作業をする労働者たちが必要なはずだが、アイクの話では彼らは朝どこからかやってきて、夜どこかへ消えていくのだった。スラブの貧しい地域が見事なドイツの国土に変わっていくよう、自分は馬上から指揮を執るのだとアイクは話した。

オルガにはそんな話は理解できなかった。これまではアイクの関心事や読書や趣味に付き合い、なんでも彼と話し、あらゆることに関して彼を応援してきた。しかし、いまこんな話を聞かされるとは？　オルガが信じてきた生き方と、どうしてこうもかけ離れてしまったのだろう？　彼女は社会民主党に入党こそしなかったが、選挙ではいつも投票してきた。共和制が好きだった。皇帝がいたころよりも共和国になってからの方が、女性教員の地位が高くなり、行動の自由も増し、給与も多くなったのだ。思想統制によって自主解散に追い込まれるまで、オルガはドイツ一般女性教員連盟の理事も務めていた。彼女はナチズムを最初から拒否していた——ビスマルクがドイツを大きくしようとし、実際に大きくしたあとで、ドイツはふたたび強大になるべきだとナチ党は主張するのだ。第一次世界大戦が起こったなら、第二次世界大戦も起こるだろう。

夢想をやめるよう、オルガはアイクを説得しようとした。農業と牧畜だって？　子どものころは、農場で手伝うよりも工作したり本を読むのが好きだったじゃない？　学生時代は、ベランダのゼラニウムを枯らしたり、猫が逃げたりしたでしょ？　農学ではなく建築学を学んだんだし？　日の出から日没まで遠くの地平線と空っぽの大地を眺めるなんて夢が、何になるの？　そこにはすでに住んでいる人がいるはずだし、ドイツにだって小麦や牛は充分あるはずよ。しかし、彼女の説得は彼には届かなかった。アイクは情愛を込めつつも、オルガを軽蔑的に扱った。まるで、年をとりすぎていて時代の流れを理解できない人々に対するように。

オルガは夏休みに発熱した。ただの風邪だろうと思ってベッドに入ったが、翌朝目覚めたときには耳が聞こえなくなっていた。医者はいろいろな治療をした。後になってオルガは、医者は治癒の可能性を信じていたのだろうか、それともただ、オルガをゆっくりと聾者であることに慣れさせようとしたのだろうか、と自問した。

オルガは五十三歳で解雇された。学校管理局はどっちみち、彼女を辞めさせたがっていた。新しい時代には合わないと見なされたのだ。オルガは辞めさせられなければ、自分から辞めることはなかっただろう。しかし、もうずっと前から、ナチスによって解雇されることを予想していて、そのころから学校への違和感もどんどん大きくなっていた。彼女は三十年以上教員として働いたのだ――ひょっとしたら、それで充分かもしれなかった。

ブレスラウに評判のいい聾学校があったので、オルガはブレスラウに引っ越し、もともとの言語能力や語彙の多さのおかげで、読唇術を完璧に身につけた。これまでさんざん田舎暮らしをしてきたので、聾学校を卒業したあとはブレスラウにとどまりたいと思ったが、やっぱり農村の方が生活費が安いので、そちらに引っ越した。彼女は師範学校以降、すべての衣服を自分で縫うほど裁縫が得意だった。繕いの仕事で、ブレスラウに顧客を見つけた。彼らの家で縫い物をしたり、洋服を受け取りに行って、数日後に仕上げたものを届けたりした。村からブレスラウまでは列車で一時間だった。

オルガは自分の生活に適応していった。料理をし、本を読み、庭の手入れをし、散歩をした。かつての教え子が訪ねてくることもあったし、メーメル地方の友人やその子どもたち、そしてアイクが来ることもあった。音楽が聴けないことが、毎日寂しかった。学校では子どもたちと歌い、教会では聖歌隊の指導をし、オルガンを弾いていたのだ。ときおりティルジットにコンサートに行くことも楽しんでいた。楽譜を読み、頭のなかで音楽を組み立てたが、それは実際に聴くことの代わりにはならなかった。彼女は自然が立てる物音も好きだった。鶏の声、風のそよぎ、海の潮騒。夏の朝には鶏の声、冬には教会の鐘の音で目覚めたいと思った。だが、スピーカーの声がもはや聞こえないのは嬉しかった。ナチスの台頭とともに、世界はやかましくなっていった。いたるところにスピーカーが設置され、そこからは絶えず演説や行進曲やスローガンの呼びかけが聞こえて、人を悩ますのだった。しかし、悪いことと一緒によいことまで聞きたくなくなるほど、何も聞こえない方がいいわけではなかったのだ。

25

戦争がオルガのいるシュレジア地方の村に到達したのは一九四五年二月になってからだった。村長はみんなをなだめ、村にとどまるよう警告していたが、ある朝、彼自身が姿を消していた。オルガには前線が迫ってくる音は聞こえなかったが、他の人々はそれを耳にしていた。オルガは他の人々と同じことをした。トランクに荷物を詰め、出発したのだ。トラックや戦車に乗った兵士たちが来れば道を譲り、低空飛行の飛行機が来れば側溝に飛び込んだ。ようやく乗れた列車は機関車を爆撃され、爆発してしまった。

押しあいへしあいして道を急ぐ人々、ガタガタいいながら物をすりつぶしていく戦車の連なり、低空飛行の戦闘機が立てる泣き声のようなヒューッという音。戦闘機の機関銃がカタカタ鳴り、頭を覆う物のない人々が逃げながら遮蔽物を探し回り、怪我をして叫び声をあげる。機関車の蒸気ボイラーが爆発で引き裂かれる。戦争がもたらすこうしたうなり声や喘ぎ声のなかで、オルガだけは完全な静寂に包まれていた。パニックになった人々の声は聞こえず、口を大きく開けた顔からも叫び声は届かず、戦車は無言で進んでいき、戦闘機は逃げ惑う人々をかすめていく無音の影だった。弾痕は小さな埃の渦を巻き起こしながら地上をまっすぐに並んでいき、誰かが撃たれ、声もなく従順にくずおれていく。あるいは側溝で棒立ちになる。機関車の爆発は、音のない壮麗な色彩の火の玉のようだった。

機関車が爆発して列車が停車し、オルガや他の乗客たちが徒歩で移動し始めたとき、雪が降り始めた。最初はかすかで、目に見えないくらいだった。それから湿った雪が激しく降り、短い時間のあいだに膝まで積もった。一歩歩くごとに力を入れなければならず、歩くのが大変になった。さらに風が吹いてきた。森のなかを歩いていないときは、風が直接、針のように雪を顔に吹きつけてきた。夜になり、目的地も灯りも見えないなかで、多くの人が歩くのをやめてしまった。ちょっとだけ道の脇によけて、木の下や窪地で彼らは横たわった。横向きに、あるいは仰向けに、ちょうど眠るときのように、リュックサックを頭の下に置いて。オルガはかつて、人は雪のなかでは眠くなる、と読んだことがあった。木にもたれ、ちょっとだけ休もうとする。寒さを感じず、眠り込んでしまう。それは美しい死なのではないだろうか、と彼女は当時思ったものだ。いま、オルガは横たわる人々を見た。眠っていようが死んでいようが、もう同じことだった。彼らは受け入れていた。あなたもここに来て寝なさいよ、と彼らは招いていた——自分たちのところに、そして同じように雪のなかで死んでいったヘルベルトのところに。しかしそこで、ヘルベルトの死についての考えが彼女を憤慨させた。誰も住もうとしない島を横断する途中の、あの愚かな死。あるいは誰も航行したがらない航路の途中で。もしくは北極点への途中で。ヘルベルトが愚かな頭で何を考えていたにせよ。彼女はあまりに憤慨し、その結果、歩き続けた。ヘルベルトのように死ぬのは嫌だった。

オルガは他の人々を追って、西へ進み続けた。徒歩で、馬車で、トラックで、列車で。みんなは自分の行き先がわかってるんだろう、とオルガは自分に言い聞かせた。もし彼らが行き先を見失ったら、わたしもどこへ行けばいいかわからない。オルガはドイツが無条件降伏する前にエルべ川を渡ることができた。そのあとでマイン川も渡り、ネッカー川までやってきた。ネッカー川畔のその町は破壊されていなかった。空襲で破壊され、焼き尽くされて崩壊した家々、道端や庭や公園の炭化した木々、砂漠のような廃墟から煙突や教会の塔や地上防空室が突き出している光景、ネズミのように地下の穴に駆け込む人々。そんな町々を見てきたあとでこの町に来たオルガは、ようやくたどり着いた、という気持ちになったのだった。

オルガは難民局から部屋を割り当てられ、その日のうちにわずかな持ち物で部屋を整えて、嬉しい驚きとともに町での生活を始めた。大通りを歩いていると写真スタジオがあり、オルガはあっさりとそこに入っていった。写真に写ったのは恰幅のいい、聡明で率直な顔をした女性だった。皺があるのは目の周りと、鼻翼から口角に至るところだけ。まなざしはきりっと、口は決然としていた。いまでも豊かな白髪は、堅信礼の前日に撮った少女のときの写真と同じように束ねて結ってある。白い襟のついた黒いワンピースだが、襟はハイカラーではなくデコルテになっている。どこかにもたれたり何かで体を支えるのではなく、そこに立って右手を下げ、左手を胸の上におく荘重な仕草をしている。緊張した様子もためらった表情もなく、耳が不自由だということは写真からはまったくわからない。

オルガは正確ですばやい縫い子だったので、すぐに顧客ができた。しかし、それ以外は知り合いもおらず、彼女の生活は逃げてくる前よりももっと寂しくなった。赤十字を通してメーメル地方の友人の消息を探したが、わからなかった。オルガは歴史と政治に興味を持ち、新聞を定期的にじっくりと読み、図書館から本と楽譜を借りてきた。映画が好きになり、読唇術でわからない部分は勝手に想像して満足していた。

オルガは一九五〇年代の初めにあちこち走り回って、失われた書類や破壊された記録を見つけ出し、プロイセンでかつて勤めた国民学校教師として、自分に権利のあったちょっとした年金をもらえるようになった。それからは、ぼくたちの家でだけ、縫い物をするようになった。ぼくたちの家では特に歓迎されていると感じることができたし、小遣い稼ぎにはここだけで充分だったのだ。

第二部

1

オルガは二か月か三か月に一度やってきて、数日間滞在した。叔父や叔母からのお下がりのワンピースやスカート、ブラウスや上着やズボンやシャツを、ぼくの兄や姉たちのためにリフォームし、兄や姉が大きくなってしまうと、ぼくのためにリフォームしてくれた。有刺鉄線や茨の茂みやスキーのストックで洋服に穴が開いたときには、布を当てて返し縫いで繕ってくれた。使い古したシーツは真ん中で二つに切り、端と端を合わせて縫い直した。母に時間がないとき、オルガは靴下も繕ってくれた。母は靴下の繕いをプロの裁縫師に頼むのは失礼だと考えていて、ほんとうはオルガにやらせる気はなかったのだが。

彼女が来たときには両親の寝室からミシンが取り出され、ピアノのあるダイニングルームの窓際に置かれた。ミシンはパフ社の製品で、社名は明るい色の木を使って、黒い木でできたカバー部分に象嵌され、黒く輝く機械のなかで白く光り、台の下でペダルと連動棹をつないでいる光沢のない黒い鋳鉄とともに装飾の一部になっていた。ぼくの兄姉たちにとってはミシンは厄介者だった。ミシンのせいで部屋が狭くなったし、ピアノやバイオリンやチェロを練習するにも邪魔になった。でも、ぼくはミシンが大好きだった。おとぎばなしのような道具だと思っていた。正面が白いエナメルで上のレンジが黒い、キッチンの古いかまどのようなものだ。あるいはタールを塗ったばかりで湿っている道路の上の蒸気ローラー。近くの広場に停まっている旧式の黒いタクシー。駅にある、黒い蒸気機関車と緑の貨車。

そして、ミシンの音！　カタカタ、カタカタ、カタカタ、澄んだ鼓動のような音、かすかな摩擦音、軽いパタパタという音、それらがゆっくりと大きくなり、どんどん速くなり、一定のリズミカルな速度で、蒸気機関車のドッドッドッというすばやい振動のように続いていく。それからゆっくりになり、すぐにまたスピードが上がったり、ぱったり止まったりする。オルガ・リンケのことを母はオルガと呼び、家族の他のメンバーはリンケさんと呼んでいた。彼女が来ているとき、ぼくはわざとダイニングルームで遊んだ。幼稚園に行かなくてはならなくなったとき、ぼくは三日間泣き続けた。とうとう母が、この子は大家族のなかにいるし、兄や姉や食事のたびに帰ってくる父親、父親がよく連れてくるお客さんたち、家事見習いの娘やたまにいる下宿人のなかで、充分に社会的振る舞いを身につけられるでしょう、だから泣いてまで幼稚園に行かなくてもいいんじゃない、と言ってくれた。

ぼくはミシンの音に合わせて、鉄道模型をレールの上で動かしていった。積み木で機械や工場を作ったり、母のスツールに座ってミシンごっこをしたりした。布きれを椅子の上で動かして、足で床を叩いたのだ。

長いこと、ぼくはリンケさんの耳が聞こえないことがわからなかった。母はぼくに何度も、それがどういうことだか説明しようとした。しかし、ぼくにできたことはせいぜい、大人もやっていることだった――リンケさんの耳が聞こえないことと、どれくらい対応していたのだろうか？母はぼくに、両耳をふさがせたのだ。でもリンケさんは耳をふさいでいるわけではないのだ。

ときどき、ぼくはリンケさんに向かって大声を張り上げた。何かを訊いたのに答えてくれないときや、頼みごとをしたのに反応してくれないときだ。家族のなかで無視されたときには飛びついて相手を揺すったりしたけれど、リンケさんに対してそうする勇気はなかった。でもぼくは、リンケさんがちょうどかかりきりになっている仕事をやり続けているあいだ、どんどん声を大きくしていった。そのうちにふと、彼女が顔を上げる。すると彼女は穏やかに、そして心配そうに「フェルディナント」と言い、「どうしたの」と尋ねてくれた。それがぼくを混乱させ、自分が何を訊いたのか、何を頼んだのか、もうわからなくなるのだった。

五歳のとき、ぼくは慢性的な中耳炎を患った。耳が痛くなり、ざわざわいう音が聞こえ、鼓動がし、耳漏がした。何日間も耳が詰まったようになっていたので、物音が遠くにしか聞こえなかった。母はぼくを耳鼻科に連れていった。耳鼻科の医者は恐ろしい機械でぼくの鼻に空気を吹き込み、水で耳を洗った。どの治療もひどくて、本当に痛いわけではないのだが、何かが乱暴に頭のなかに入ってくるようだった。母が家でぼくの小さな赤いショルダーバッグにお菓子を入れてくれて、いい子にできたら帰りにこれを食べていいよ、と言ってくれていたけれど、ぼくは治療を嫌がって泣いた。治療後しばらくは、耳がよく聞こえた――また膿《うみ》が溜まり、物音がどんどん遠ざかっていくまでは。

2

ぼくは子どものころ、中耳炎が治ったあともよく病気になった。しょっちゅう気管支炎で熱が出て、何週間もベッドに入っていなくてはならなかった。

病気で寝かされていた部屋の静けさと、家のなかや外から聞こえるくぐもった音を思い出す。姉がバイオリン、兄がチェロを練習する音が切れ切れに聞こえてきたものだ。庭で遊んでいる子どもたちの叫び声、道を行くトラックのエンジンがうなる音。木々の枝がぼくの部屋の天井に描き出した光と影の戯れや、自動車がそばを通るときに暗い部屋のなかを横切っていった明るい黄色の光を覚えている。そして、病気のときにぼくが感じていた寂しさも。本が好きでたくさん読んだし、母はぼくが退屈しないようにいろいろな用事を言いつけた。ジュッタリーン式の筆記体を覚えさせ、新しいものが縫えるように、古い洋服の縫い目をほどかせた。学校の勉強に遅れないように、自習もさせた。でもぼくは誰かが見舞いに来て、一緒にしゃべってくれることを願っていた。

母や兄姉がぼくの世話をしなかったわけではない。でも母には、母親としての家事があり、牧師の妻として婦人や少女のグループとの仕事がたくさんあった。兄や姉は学校に行ったり、音楽の授業やオーケストラや聖歌隊、スポーツなどの予定があった。彼らは部屋に入ってくると、ほんの短い時間だけベッドの端に座り、また行ってしまった。ときには父が来ることさえあり、ぼくが急いで足を引っ込めなければ、足の上にドシンと腰を下ろすのだった。二言三言交わすと、父はもう物思いに耽ってしまう。とりわけ土曜日の午後、日曜日の説教の準備を中断してぼくの見舞いに来ると、そうなってしまうのだった。誰かと話したいというぼくの欲求を一番確実に満足させてくれたのは、家に出入りし、喜んでぼくのそばに腰掛けてくれる女性たちだった。

うちに来る掃除婦さんは、人間というものを知るようになってから、わたしは動物を愛するようになりましたよ、といつも言っていた。それでも彼女はぼくを教会のお祭りに連れていってくれて、一緒にジェットコースターやメリーゴーランドに乗ってくれた。そしてぼくが病気のときには、グリム童話のなかのとりわけ残酷な話や恐ろしい話を読んでくれた。教会堂管理者の奥さんは、アル中気味の夫の仕事を代わりにこなして、夫がクビにならないようにしており、教会や礼拝に関する相談のためにうちにやってきた。彼女には子どもがいなかったが、ぼくのことを気に入ってくれて、アルコールがいかに呪わしいものか、ぼくに話してくれた。小児科の女医さんは秘密めいていた。しょっちゅう診察してもらいに行ったり往診に来てもらったりしていたが、彼女はぼくが知る唯一のユダヤ人女性で、ナチ時代には自分の助手の家に匿ってもらい、命を助けられたのだった。彼女と助手は非常に親密な関係で、ぼくは女性同士がそこまで親しげに振舞うのを見たことがなかった。ロシアから亡命した父の友人が、しょっちゅううちに来ていた。奥さんと、精神的な病を抱えてはいるが気立てのよい娘さんを連れてきて、何日も何週間もぼくたちのところに滞在し、ロシア人特有の軽やかさでもてなしを楽しんでいた。彼の奥さんはぼくの枕元で、革命前や革命後のサンクト・ペテルブルグでの生活や、わくわくするような旅行について話してくれた。その旅行ではコサック人たちが、彼女の父親の指示でサンクト・ペテルブルグからオデッサまで彼女に随行し、オデッサで船に乗せてフランスまで連れてきたそうだ。父の最初の妻の妹もしょっちゅうやってきた。彼女はかつて、亡くなった姉の財産を相続し、独身になった父と結婚することを願っていたのだが、その願いは実現しなかった。彼女は吸い玉や浣腸のことでぼくをいじめたが、シューマン作曲ハイネ作詞のナポレオン軍の擲弾兵の歌を感情たっぷりに歌ってくれて、ぼくと仲直りした。

3

リンケさんがうちに来ているとき、誰もぼくの相手をしていないことに気づくと、繕い物の仕事をしながらぼくのそばに座った。シュレジア地方やポンメルン地方の民話を話してくれたり、リューベツァール（旅人をからかう山の精）の伝説、フリードリヒ大王の逸話などを話してくれた。どの子どもそうであるように、ぼくも同じ話を何度も何度も聞いて飽きなかった。

フリードリヒ大王についての逸話の多くは、彼のフルート演奏に関するものだった。フリードリヒ大王ほど巧く、ぼくもフルートを吹きたいと思った。フリードリヒ大王のフルート愛が刺激になり、ぼくは規則正しくたっぷりと練習するようになった——しばらくのあいだ、ぼくの一番の友人はフルートだった。フリードリヒ大王は晩年の出征の際にフルートを持参したが、痛風で両手をやられてしまって演奏できなかった。ポツダムに戻ってふたたびフルートを手に取ったときも、もはや演奏は不可能だった。そのとき彼はフルートをケースに入れて片付けさせ、苦痛に満ちた声で「余は最良の友を失った」と言ったのだ。

大きくなってロビンソン・クルーソーやガリヴァーの話を読むようになり、スヴェン・ヘディン（スウェーデンの地理学者、中央アジア探検家）とともにアジアの砂漠を、ロアール・アムンゼンとともに南極点への旅を夢想するようになると、リンケさんはぼくにヘルベルトの旅行や冒険の話をしてくれた。ヘレロ族との戦争の話は省略して、ヘルベルトがアルゼンチンやカレリアやブラジルやその他の場所に行ったのと同じように、南西アフリカに旅行したという話をしていた。砂漠や蜃気楼、草原の火事、毒蛇に嚙まれたこと、黄金の水辺から見事に舞い上がり、ふたたび着水する白鳥たち、雪との格闘。スピッツベルゲン諸島と北東島については、彼女は話さなかった。ヘルベルトはどうなったの、というぼくの質問に対しては、最後の旅から帰ってこなかったのよ、と言った。

彼女は生き生きと話すことができた。ぼくが何か質問したり話したりしたときのために、常に顔を見ながら話してくれたので、ぼくは彼女をとても好意的な人間として受けとめた。彼女はぼくのベッドの端に腰掛けるのではなく、スツールをベッドに引き寄せて、まっすぐに腰掛け、両手を太腿の上に置いていた。

しかし、リンケさんは話をしてくれただけではなかった。ベッドサイドに来て、ぼくが発熱しているのを見ると、毛布をもう一枚掛けてくれたり、濡れた冷たい布を額に置いてくれたりした。彼女は慎重に行動し、ラヴェンダーの香りを漂わせ、温かい両手をしていて、ぼくを安心させてくれるようなふくよかな体つきだった——ぼくは、彼女が近くにいてくれたり触れられたりするのが好きだった。ちょうど、試着のときのように。丈を縮めた上着をぼくが着やすいように掲げたり、擦り切れた肘のところに革で継ぎを当てるのに、どの場所がいいかと確認したりするとき、彼女は手でぼくの背中や腕を撫で、用事が終わるとぼくの頭を撫でた。

一度、たぶんギムナジウムの一年生か二年生のときだったと思うが、母がリンケさんに二、三日泊まってくれるように頼み、ぼくの世話を任せたことがあった。姉たちは聖歌隊の人たちと旅行に行っていたし、兄は林間学校だった。家政学校から半年の実習のためにうちに来ていた家事見習いの娘たちのうち一人はすでに帰郷していて、一人はまだ到着していなかった。母は外国での会議に出席する父に同伴することになっていた。母は英語とフランス語ができたが父はできなかったし、当時はまだすべてに通訳がつく時代ではなかったので、母の助けが必要だったのだ。会議のテーマである「教会の統一」は、父だけでなく母にとっても重要なテーマだった。

静かな日々だった。母は時間があるときには朝はピアノでコラールを、昼にはモーツァルトとベートーベンのソナタやショパンのエチュードを弾いていた。兄姉たちも毎日楽器を練習していたし、ぼくたちは一緒に室内楽曲を演奏したり、歌ったりしたものだった。両親は長いことためらってから、ついに時代の流れを受け入れ、ラジオを買うことにした。ラジオ番組の雑誌を定期購読し、ときにはラジオコンサートを家族の夜のプログラムにした。しかし、リンケさんと留守番していたときには、一切そういうものがなかった。フルートの練習をすると音が大きすぎて不快になり、ぼくは練習をやめてしまった。リンケさんが聞こえないし理解できないラジオのスイッチを入れることは、ぼくには不親切に思えた。ぼくたちは一緒に話したけれど、そのおしゃべりも普段テーブルで活発に交わされる会話のようではなく、集中しながら言葉を交わし合うのだった。ぼくたちはしばしば、無言で食事した。

でもぼくは、リンケさんの親切を感じた。学校から帰ると、彼女はぼくのために料理をしてくれていた。ケーニヒスベルク風の肉団子やロールキャベツ、卵と辛子ソース、パスタのグラタン。ぼくの好物を、どうして知っていたのだろう？　母は子どもを甘やかさない主義だったから、ぼくに好物を作ってやってくれなんて、決して頼んだりしなかっただろう。リンケさんは何年ものあいだ、一緒に昼食を取る際にぼくが何を好んで食べるのか、見ていたのに違いない。

夜になるとぼくたちはソファに座り、彼女が話をした。ぼくは彼女の方を向き、ときには彼女がぼくの肩に腕を回して引き寄せてくれた。彼女の体を近くに感じて、ぼくは温かく、満たされた気持ちになった。

4

ぼくが旅行記や冒険譚を読むようになったとき、彼女はヘルベルトのことを話し始めた。ヘルベルトも旅行や冒険を経験した人物だったからだ。ぼくがヘルベルトがヴィクトリアやオルガと遊び友達だった年齢に達すると、彼女はまたヘルベルトの話をしてくれた。農場や村や国民学校での生活、堅信礼の授業、ヘルベルトの犬、走る喜び、一緒に遊んだこと、散歩やボートでの遠足など。しつこく頼み続けたらオルガニストがオルガンについて説明してくれたこと、先生が本を貸してくれたことを、彼女は話した。

ぼくがさらに成長すると、両親との葛藤、特に母との対立がひどくなった。母から見ると、ぼくが読んでいる本や見ている映画は間違っているということになった。友人たちはみな、鋲のついたジーンズを穿き、タバコを吸い、酒を飲んでいた。ぼくも彼らと同じようにして、プールやアイス屋で時間をつぶしたいと思った。毎週日曜日に礼拝に行くのが嫌になり、学校の成績も下がった。いろいろ試してみたいだけなんだと、両親に理解してほしかった。両親の方では、ぼくが考えもなく無責任に振る舞っていると思っていた。特別厳しかったわけではないが、まだ一九五〇年代で、ブリジット・バルドーの映画は彼らから見れば悪徳、ブレヒトの戯曲は共産主義だった。ちゃんとしたズボンをたくさん持っているからジーンズは不要だ、というだけではなく、両親にとってジーンズはチンピラが穿くものだった。両親がいつも投票していたアデナウアー(西ドイツに戦後の経済復興をもたらした首相で、キリスト教民主同盟の政治家)の政治にぼくが疑いを抱き始め、そのことについて話そうとすると、父はナチズムの恐怖のあとで自分たちが築き上げてきた世界が攻撃されていると見なした。母はぼくたちを和解させようとして、お父さんはいい意味で言ってるんだし、あなたの言ってることも悪くはない、と言った。しかしぼくと父は和解せず、同じような喧嘩を何度もくりかえした。ぼくの兄姉たちは賢く振る舞い、両親に反抗するよりは引きこもって過ごしていたのだが。

そんな折には、祖父母がいれば助けになるものだ。祖父母は子どもを教育する任務や責任がない分、両親よりもゆったりと構えている。自分たちの経験から、対立はいつか解消するものであり、興奮する価値はないこともわかっている。でも、ぼくの祖父母は遠方に住んでいた。リンケさんが来ているとき、彼女は縫い物の手を止め、理解に溢れる目で話を聞いてくれた。タバコや酒やジーンズについては、彼女はほほえみながら首を横に振った。政治についてのぼくの考えは、彼女にとってもきっと未熟に見えただろうけれど、真剣に話を聞いてくれた。彼女がアデナウアーではなくオレンハウアー(社会民主党の政治家)に票を投じ、年金生活者でありながら労働組合に所属していたから、というだけではない。彼女は一九五〇年代の世界をぼくの父ほど安定したいい時代だとは思っておらず、むしろ不確実なことばかりだと考えていた。おまけに彼女は、ブレヒトの詩をハイネの詩と同じくらい愛していた。

ぼくの成績が悪くなったことについては、リンケさんは理解してくれなかった。それ以外のことには何でも理解を示し、親切に肩をすくめるだけだったので、成績に関する彼女の不機嫌をぼくは無視できなかった。女子高等学校に行きたかったのに許してもらえなかった、という話を彼女はぼくに聞かせた。どうやって師範学校に入るための課題を一人でやり抜いたか。学ぶことは特権なのだった。学べるときに学ばないのは愚かで、甘えで、思い上がりなのだった。ぼくの成績が悪くなったことだけは、絶対に認めてもらえなかった。

5

ぼくが女の子に興味を持ち始めたときにも、母は不安がった。あまりにも早く恋をしたり誰かと付き合ったりするのは認められない、と言うのだった。母はぼくが読んでいる本をチェックし、ぼくがトーマス・マンの『詐欺師フェーリクス・クルルの告白』を通じて女たちをたらしこむ経験をし、ジュリアン・ソレル（スタンダールの『赤と黒』の主人公）と一緒にレーナル夫人とマチルド・ド・ラ・モールを誘惑し、ミーチャ侯爵とともに農家の娘のカチューシャ（トルストイの『復活』の登場人物）を売春婦におとしめたことを知って驚愕した。

リンケさんは、ぼくがある女の子をなぜ気に入っているか、どうやってその子に好いてもらおうとしているか、という話を喜んで聞いてくれた。彼女とヘルベルトがどうやって互いに愛を告白し、恋人同士になったかという話もしてくれた。愛の告白には時間がかかるのだそうだ。そして、セックスする前に結婚している必要はないが、互いに愛を告白し、相手のことがよくわかっている必要はある、と彼女は語った。

ぼくはリンケさんを見つめ、自分がいま恋しているエミリーと同じ年齢のとき、リンケさんがどんな姿だったかを想像しようとした。わたしはお化粧はしていなかったわよ、とリンケさんは言った。エミリーもしてないんでしょ。エミリーと同じく、彼女もシンプルなものを身につけていた。体型はエミリーよりがっしりしていて、顔はもっと平たくて、髪の色は明るかった――そういったことはぼくにも推測できたが、だからといって具体的な姿が浮かんでくるわけではなかった。彼女とヘルベルトとヴィクトリアが堅信礼の前日に撮った写真を見たのは、それよりあとのことだ。

オルガとヘルベルトが長いこと相手の気持ちを確かめ合っていたことが、ぼくには気に入った。エミリーはつんつんしていて、ぼくは長いこと彼女に求愛し、ようやく彼女はぼくにだけ、映画館に招待することを許してくれた。一年後、初めてのキスをした。といっても、市電に乗る前にすばやく、頬に軽く息を吹きかけただけだったが。次のデートのとき、ぼくは映画館で彼女の体に腕を回し、彼女はぼくの肩に頭をもたせかけた。それからぼくたちは、停留所で市電が来るまでキスをしていた。ぼくたちはその後も映画館やコンサートや劇場に出かけたが、一番大事なのはそのあとの触れ合いだった。暗くて人気のない校庭や、教会の横の公園や、川べりで。ぼくたちは舌がひりひりするまでキスしていた。

家族や友人には、このことは隠していた。自分たちだけの秘密にしたかったのだ。でもオルガが、ヘルベルトに連れていってもらえず自分でも諦めたという大晦日のパーティーについて話してくれたとき、エミリーとぼくのことを秘密にしているのは裏切りのように思えた。ハイディ・ブリュール（西ドイツの流行歌手・女優）が「わたしたちは決して別れない、わたしたちはいつもお互いのためにいる」という歌を歌っていた。ある晩のデートのあと、エミリーを家まで連れていったとき、ぼくも小さな声でその歌を歌った。抵抗を示す両親と好奇心でいっぱいの兄姉に彼女を紹介し、友人とリンケさんにも紹介した。二年後、エミリーが大学生に恋をして去っていったとき、ぼくはみんなから慰めてもらえた。彼女はいい子だったけど、でも——誰もが、彼女がぼくにふさわしくない理由を言ってくれた。ただ、リンケさんだけはそう言わず、人生は喪失の連続なんだから、あなたも然るべきときに喪失を受け入れることを学ばなくちゃね、と言った。

6

ぼくがギムナジウムの上級生になり、午後家にいてリンケさんがちょうど縫い物をしているときには、二人分のコーヒーを淹れて彼女のそばに腰を下ろしたものだった。彼女は師範学校のこと、最初に勤めたポンメルンの学校、次に勤めたメーメルの学校のことを話してくれた。帝国時代と共和制になってからの女性教員の待遇について。女性教員連盟での活動について。ヘルベルトの旅行や、一緒に過ごした日々のことも、彼女は話した。

「わたしたちは、あんたたちより我慢強かった。当時はたくさんの人が何か月も何年も離れて暮らしていて、合間に少し一緒に過ごせるだけだったよ。待つことを覚えなくちゃいけなかった。いまでは列車や飛行機に乗ったり、電話したりして、相手がいつでも捕まるもんだと思っているんだからね。でも、恋愛では相手はいつも手の届かないところにいるんだよ」

そんなふうにゆったりと、リンケさんはヘルベルトとの別離について語ったのだが、彼が広大な土地に憧れていた話になると、いまでも腹立たしく思うようだった。ヘルベルトが若いときには、その憧れをいじらしいと思っていたが、大人になってからのそんな憧れはバカげている、と言うのだった。「砂漠に——砂のなかに、彼は井戸を掘って、工場を建てようとしたのよ。そして、氷の砂漠のなかで通行路を探し出して、北極点に到達しようとしたの。でもその目標は大きすぎたし、ただのおしゃべりに過ぎなかった。ほんとうに砂漠で何かしたかったわけじゃなくて、自分をそのなかで消去したかったのよ。遠いところに消えていきたかったの。でも遠いところというのは結局は無なのよ。彼は無のなかに消えていきたかった……」

「どうしてか、訊いてみたんですか」

「あら、坊や」彼女はぼくのことをそんなふうに呼んだ。「わたしたち、難しいことについては話さなかったのよ。一緒にいるとき、ようやく一緒に過ごせる日が来たとき、彼は落ち着かなかった。いつも落ち着かない様子だった。彼の計画は走り出していたから、わたしもその隣を走るしかなかった。そして、何か言いたくても、息を切らしながら言うしかなかったのよ」彼女は首を横に振った。

いまでは彼女もヘルベルトについて話すときに、彼が準備不足のまま敢行した北極への遠征で命を落としたことを、隠さなくなっていた。ヘレロ族に対する戦争の話も省かなくなり、第一次世界大戦のことも話した。ヘルベルトは氷のなかで死んでいなければ、きっとこの大戦で死んでいただろうと彼女は言った。それから第二次世界大戦についても話してくれた。彼女の意見では、ビスマルクのせいでこうした災いが始まったというのだった。彼がドイツという国を、御しきれない大きな馬の背に載せてしまった。それ以来、ドイツ人もあらゆることに偉大さを求めるようになった。ビスマルクにとっては植民地はどうでもよかったのだが、彼女はヘルベルトが胸に描いていた植民地建設の夢に対しても、ビスマルクに責任があると断じた。北極についてのバカな思いつきや、生存圏についてのアイクの妄想や、二度の大戦も、ビスマルクのせいだ。戦後の復興や奇跡の経済発展さえ、彼女はあまりにも大規模になりすぎたととらえていた。

歴史の授業では、ドイツ帝国の創設についてそんな話は学んでいなかったし、ドイツでは何もかも大きくなりすぎた、という話も聞いたことはなかった。ヘルベルトが無のなかへ消えていきたがったことをどう考えるべきかも、ぼくにはわからなかった。何かのために努力したり働いたり信じたり愛したりしても、ほんとうに満たされることはない、という感覚はぼくにもわかった。こうした感覚を哲学に置き換えたのがニヒリズムじゃないか、とぼくは思った。でも、ヘルベルトの無への憧れは、きっと何か別のものだったんだろう。

7

リンケさんがぼくたちのところに来ていた最後のころには、まだ一つか二つ縫い物もしていたけれど、ミシンのそばに長いあいだ座って何もしていないこともあった。洋服の裾を縫っていて、端のところでうまく止められずに糸をぐちゃぐちゃにしてしまい、途方に暮れて悲しそうにしているのだった。もしくは針に糸を通してから椅子の背にもたれ、両手を太腿の上に置いたまま窓の外に目を向けて、特に変わった様子もない道路を眺めていた。あるいは眠り込んでしまって、頭が胸の上まで垂れ、首が痛くなって目が覚めるまで寝ているのだった。「わたしはそろそろ別の縫い子と代わった方がよさそうですね」

しかし、縫い子を必要とする時代はもう過ぎ去っていた。兄はもう成長しきっていたのでズボンや上着やシャツが小さくなることもなく、それをちょっとリフォームしてぼくが着ることもなくなっていた。倹約家の母は古着屋を見つけていて、そこにはぼくに合う洋服がたくさんあったので、リンケさんに来てもらう必要はもうなかった。どっちみち姉たちもすぐに家を出て行き、ぼくも大学入学資格試験のあとで家を出た。

リンケさんが縫い物に疲れてしまったのを見て、もう年だから疲れたんだろう、とぼくたちは考えていた。しかし、縫い物をやめると彼女は解放されたように生き生きとし始めた。あとは自分のことだけ考えて生きればいいのだ。

長いあいだ彼女は下宿生活をしていたが、住宅協同組合が建てた建物の五階に自分の住居を手に入れた。二つの小さな部屋とキッチン、バスルームがあり、バルコニーもついていた。建物の隣は貨物列車の駅になっていて、彼女は線路や古い操車場や昔の給水塔などを遥々と眺めるのが好きだった。バルコニーに長いプランターを置いて小さな庭を造り、花を咲かせ、夏になるとずっとそこに座っていた。

長いこと読みたいと思っていた本を読む時間がついにできた。古典、現代文学、小説、詩、女性の歴史についての本、盲人や聾唖者についての本、ドイツ帝国についての本、ワイマール共和国についての本、かつてオルガンで弾いた曲の楽譜、できれば演奏したいと思っていた曲の楽譜。

映画館にも行き、おしゃべりが少なくて事件がたくさん起こる映画を観た。ダンス映画、冒険映画、西部劇。あいかわらず社会民主党に投票し、五月一日にはメーデーの組合デモに参加し、祭日には教会に行った。

母は数週間おきに彼女を日曜日の昼食に招待した。そんなときにはぼくが迎えに行き、帰りは送っていった。ぼくは叔父から、古いオペルをプレゼントしてもらっていた。中古車店がもう買い取ろうとしなかった車だ。それ以外にも、ぼくが彼女を迎えに行くことがあった。ぼくたちは一緒に計画を立て、映画を観たり、展覧会に行ったり、名所を訪れたり、レストランで食事をしたりした。ぼくは子ども時代の一番幸せな休暇を祖父母の元で過ごし、祖父母が大好きでしばしば訪問していたが、その祖父母ももう亡くなっていた。ぼくの人生にも、空席ができていたのだ。

彼女はぼくと一緒に隣の市の美術館に行くのが好きだった。そこで彼女はくりかえし同じ絵を鑑賞していた。それらは彼女が若いころ美術に目覚めた時期のもので、アンゼルム・フォイエルバッハやアルノルト・ベックリンなど、印象主義から表現主義までの作品だった。彼女のお気に入りの一枚は、エドゥアール・マネの「皇帝マキシミリアンの処刑」（マンハイム市立美術館所蔵）だった。

「どうしてこの絵が好きなの？」

「皇帝は軽率で滑稽だけど、処刑されることでわたしたちの同情を引くわよね。画家はナポレオンの政治的冒険を批判しようとしているけど、結局は美化している。それに、この絵はわたしたちがなかに入れるほど大きいからよ」

ときには道の途中で、彼女の過去が甦ってきて足を止めることもあった。文房具屋のショーウィンドウで彼女はゾーネケン社の万年筆のことを思い出した。「西へ逃げてくるときに、時計や指輪と一緒に万年筆も盗まれてしまった。ロシア人じゃなくて、ドイツ人が盗ったのよ。でも、わたしはまだラッキーだった。もっとたくさんのものを失った女性たちもいたから」市場をぶらぶらしているときに、一人の男性が犬を連れてこちらに歩いてきた。彼女は立ち止まり、その犬から目を離せなくなった。黒いボーダー・コリーで、首に白い筋が入り、目は青かった。「ヘルベルトの犬もまったく同じ姿だった」彼女は犬に手を差しだし、犬はその手をクンクン嗅いで、おとなしく撫でてもらっていた。映画館からの帰り道に満月がとりわけ大きく見えると、彼女は学校のことを思い出した。「子どもたちと一緒に『草木も人も』を歌ったものだった。でも、『月は昇った』の方がきれいな歌よね。その歌も教えてやればよかった」

ルートヴィヒスヘーエという村に遠足したあと、ぼくたちはカフェのテラス席に座っていた。彼女は突然話すのをやめ、少し離れたテーブルに座っている年配の女性と年配の男性を強張った顔で見つめた。女性は白髪でふっくらしており、男性は禿げていてほっそりしていた。二人とも上品な服装だった。彼女は立ち上がり、その二人に向かって二、三歩歩きかけたが、途中で立ち止まった。彼女は独特のまっすぐな姿勢でそこに立っていたが、やがて首を横に振り、肩を落とした。ぼくがパッと立ち上がると、手で制した。彼女はただ立ち去ることだけを願っていた。

「どうしたの?」車に乗り込むまで、ぼくはその問いを控えていた。

家の前に着くまで、彼女は答えなかった。「あの女性はヴィクトリアだった……ちょっと膨れた口……高慢な目つき……」それから彼女は、あの当時ヴィクトリアがどんなふうに自分とヘルベルトを引き離そうとしたかを語った。

「彼女はそれからどうなったんだろう?」

「あの様子を見たでしょ。第一次世界大戦も第二次世界大戦も、空襲もインフレも、すべて生き延びたのよ。なんでも乗り越えるタイプの人間なの」

8

ぼくたちはときにはオーデンヴァルトやハルトヴァルトに行き、ハイキングをした。リンケさんはハイキング用の地図を持っていて、どこまで車で行き、どの道を通ってハイキングするかの計画を立てた。

一緒にハイキングするというのは、通常なら一緒に話をすることでもあった。父は年に二回、子どもたちを連れて日曜日の散歩に出かけていた。それは、ぼくたちがやったことや考えたこと、勉強や読書について、尋ねるためだった。母は何でもきちんと話をして確かめたいタイプだったが、無口な夫とは自分が望むほど立ち入った話をすることができなかった。子どもたちに対しては、母は一緒に買い物や訪問、教会に行くたびに、それを対話のチャンスとして用いた。友人たちとハイキングに行くときにも、肝心なのは話をすることだった。リンケさんとぼくは、ハイキングの際におしゃべりはできなかった。ぼくの話を理解するためには、向かい側にいて顔を見、唇を読む必要があったからだ。

そういうわけで、ぼくたちは黙って歩いていき、リンケさんはときどき小さくハミングしていた。それに慣れるまでに、しばらく時間がかかった。でも慣れてからは、それが好きになった。おしゃべりに気を取られずにいると、どんなにたくさんのことが見えたり聞こえたりすることだろう！　草や花、木々の緑の葉、あるいは紅葉、コガネムシ、鳥の歌声、木々のなかを通る風の音。切り倒されたばかりでまだ樹脂がねばねばしている木の匂い、かなり前から放置されて朽ちかけている木材の匂い。晩夏にはキノコの匂い、秋には腐りかけた落ち葉の匂い。考えることもたっぷりあった。リンケさんとぼくは、自分たちなりのやり方で会話もしていたのだ。ぼくたちは休憩するためや食事を取るためにベンチに座るのではなく、何か話をしたいときに座った。そしてときには、ベンチを見つけるごとに座ることもあった。リンケさんは足を横に流すような女性っぽい座り方でベンチに横向きに座り、ぼくはベンチに跨がるような感じで向かい合わせに座った。そして前のベンチで途切れた話をあらためて続けるのだった。

疲れていてあまり歩きたくないとき、リンケさんはぼくに車でケーニヒシュトゥール（ハイデルベルクにある標高五六七メートルの丘）まで連れていってもらうのが好きだった。町の上にそびえる丘で、平らな道があり、遠く西の方が見渡せた。眺めはライン川両岸の近隣の町々から、バーデン地方にあるベンゼンと石灰の工場の煙を吐く煙突や湯気を上げる冷却塔、平野の向こうの端にある山々まで広がっていた。平野には当時まだたくさんの果樹があり、春には白やピンクの花が土地を彩っていた。秋にはさまざまに紅葉した木々がみごとな風景を見せていたし、冬には雪で白一色となった。ある日の夕方、霧が町々や工場を覆い、ぼくたちが立っている山から平野、そして遥か向こうの山まで包んでしまったことがあった。向こうの山の背後では太陽が赤く輝き、霧も赤みを帯びながら静かに下っていっていた。寒かった。秋の終わりか冬の初めの夕方だったと思う。ぼくたちは凍えながらも、霧が消えるまでその風景の前から動くことができなかった。

9

彼女は市立墓地を歩くのが好きで、飽きることがなかった。市立墓地は十二箇所くらいあって、リンケさんはすべてよく知っていたが、そのなかでもいくつかお気に入りの場所があった。山の墓地、勇士の墓地、ユダヤ人墓地、市門の前の農民墓地。町で一番大きい山の墓地では、いろいろな道があり、多様な墓碑や霊廟があるのが気に入っていた。勇士の墓地では敷地がまず上り坂になり、そのあと下っていて、一面の石の十字架を越えて空に導かれそうな気がするのが好きだと言った。ユダヤ人墓地では年老いた背の高い木の下の薄闇、農民墓地では隣接するあぜ道のヒナゲシや矢車菊。山の墓地でも彼女は花が好きだったが、もっと好きなのは冬の雪が道や墓を覆い、天使や女性の銅像の頭や肩や翼に降り積もる様子だった。

ぼくたちはあまり言葉を交わさなかった。ほかの散歩のときよりも口数は少なかった。リンケさんはめったに立ち止まらなかったが、墓碑銘や人名や植物についてコメントし、こちらを見つめたので、ぼくはそれに答えた。それ以外にはぼくたちの足音や鳥の声が聞こえるだけだった。たまに庭仕事の道具がカチャカチャ鳴ったり、墓を掘る機械がうなったりするのが聞こえた。あるいは、埋葬客たちの小さな話し声や歌声が。

どうしてリンケさんが墓地歩きが好きなのか、ぼくは理解しているつもりだった。生きているあいだにたくさんの人と死別して、その人たちの墓は手の届かないところや知らないところにあるので、見知らぬ人たちの墓のあいだを歩きながら、死者たちと対話したいと思っているのだろう。ヘルベルトやアイク、メーメル地方の隣人だった女性、祖母、両親。両親のことはリンケさんはあまり話さなかったが、覚えてはいるようだった。死者と対話したいという気持ちが、ぼくにはよくわかった。ぼくはしばしば祖父母の墓の傍らに立ち、彼らに感謝していることや、彼らがいなくて寂しいということを語りかけてきた。だがリンケさんが墓地について話したとき、彼女の振る舞いはぼくの想像とはかなり違っていた。

彼女は見知らぬ人たちの墓のあいだで死者と対話しているわけではなかった。墓地を歩くのが好きな理由は、ここではすべての人が対等だから、とのことだった。強者も弱者も、貧者も富者も、愛された者も心にかけてもらえなかった者も、成功した者も、破滅した者も。霊廟や天使の像や大きな墓石も関係ない。みんな同じように死んでいて、もはや偉大であることもできないし、偉大すぎることなんてぜんぜんない。

「でも勇士の墓地は……」

「あんたの言いたいことはわかる。勇士の墓地は広すぎるし、あまりにも敬意を払われ過ぎてるよね。そもそも、みんな一緒に眠るべきなのよ。兵士もユダヤ人も農民も、山の墓地に葬られている人たちも」

彼らは一緒に眠り、人が死においても生においても平等だということを、わたしたちに思い出させるべきだ。区別の多い人生、優先されたり後回しにされたりする人生のなかで、死が残酷な力をふるってすべてを平等にしてしまうのでなければ、死が恐れられることもない。もし平等な人生がそのまま続くのだとすれば。

そうやって生きた魂は、死によって新しい生へと向かうのだろうか、とぼくは尋ねた。彼女は肩をすくめた。魂が変遷するというイメージは、人間から死への恐怖を取り去るためのものだ。でも人間は、平等の真実を理解したなら、死に対して不安は持たない、と彼女は言った。

　彼女はそれを、農民墓地の大きなオークの木の下のベンチで説明してくれた。そして笑った。

「平等って話をしてるわけだからわたしがあなたを du（ドイツ語における親称の二人称。親しい間柄で使い、相手を姓ではなく名で呼ぶ）で呼んでるように、わたしのことも du で呼んでちょうだい。名前はオルガよ」

10

　いろいろと一緒に行動する以上に彼女にとって重要だったのは、話すことだった。展覧会に行ったり、散歩したり映画を観たりすることは、一人でもできた。意見の交換は、ぼくたちと話さなければできないことだった。ときには母や、ぼくの兄姉と。でも彼女はとりわけぼくとよく話した。

　何かをしながらおしゃべりするということはなかった。ハイキングのときと同様、ぼくたちは移動中は話をしなかった。映画を観たあと、それについて話ができるのは、映画館を離れてしばらく歩き、飲食店を見つけて向かい合わせに座ってからだった。オルガの家を訪ねるときも、自宅や友人宅とは訳が違っていた。一緒に料理し、テーブルをセットし、料理を運び、片付け、皿を洗う。いつもなら陽気に大声でしゃべりながらする作業が、彼女の家では無言で行われた。オルガも料理しながらしゃべることはできた。しかし、目の前に相手がいて反応や反論が見られる状態でなければ、話したくなかったのだ。話すべきことは、テーブルに向かい合って座るまで、口にするのを待たなくてはならなかった。

彼女はぼくと、特に政治や社会のことを話したがった。毎日注意深く、批判的に新聞を読んでいたのだ。

南西アフリカに関する出版についても、彼女は忠実にあとを追っていた。ドイツ人はヘレロ族に対してジェノサイドを行った、と主張する本が現れるまでは、出版物は多くはなかった。ヘルベルトにそんな罪をかぶせておきたくなかったのか、それとも充分に反論できる材料を集めていたのか――いずれにしても、彼女は激しく反論した。「ジェノサイドですって？　ドイツ人が醜い植民地戦争をしたというだけじゃすまないの？　ほかの国だって同じことをしたでしょ？」彼女は両手を上げた。「何か大きなこと、最初のジェノサイドじゃなくちゃいけないってわけね！」

東への開放政策が形をとってくると、彼女はそれに賛成した。と同時に、自分が育ち、勉強したり学校で教えたりし、ヘルベルトを愛し、アイクの世話をした土地が失われてしまったことに耐えられずにいた。別に失われたわけではないよ、とぼくは反論した。もうすぐそこに旅行できるようになるだろうし、将来は住めるようになるかもしれないよ。でも彼女は黙って首を横に振るのだった。

学生の反乱（一九六八年にフランスやドイツで盛んになった学生運動を指す）を、彼女は当初、共感を込めて見守った――しかし、すぐに嘲りの気持ちに代わった。伝統の価値が試され、教育や自由、正義についての大げさな言葉が社会的現実と向き合わされ、ナチスの残党がマスクを剝がれ、人々が建物の取り壊しや運賃の値上げに抗議することは、彼女の意に適った。しかし、ぼくたち学生が別の人間、別の社会を創り上げて第三世界を解放し、アメリカのヴェトナム戦争を終わらせようとするのは、やり過ぎだと考えていた。「あんたたちも結局は同じなのよ」と彼女は言った。「自分たちの問題を解決する代わりに、世界を救おうとしているんでしょ。目標が大きすぎるって、気づかないの？」

ぼくはそんなことには気づかず、反論した。「大きすぎるだって？　たしかにその使命は大きすぎるかもしれない。でもそのために力を注ごうとするのはいいことだろ！　植民地主義や帝国主義はひどいもんだし、不公平で不道徳だ」

大きすぎる目標――これこそが、ヘルベルトやアイクがそのために破滅した原因だとオルガが見なしていることであり、ビスマルクに責任があると彼女が感じ、ぼくたちの世代がそのせいで誘惑に陥ったと見なしていることでもあった。ぼくは反論し、オルガが小さなこと、どうでもいいことや小市民的なことを賛美していると非難した。大きな理念のなかには正しいものと間違ったもの、いいものと悪いものがあり、彼女はその区別ができていないのだ、と。しかし、ぼくにはオルガを納得させることはできなかった。

11

彼女をオルガと呼ぶようになってから、ぼくは以前よりも直接的で個人的な質問を彼女にぶつけるようになった。ぼくの子ども時代、彼女は自分が子どもだったときのことをいつも聞かせてくれていたし、成長してからはその後の人生を語ってくれた。しかし、それはしばしば外面的なできごとばかりで、内面の生活についてはぼくが質問して初めていろいろ教えてくれたのだった。

オルガのヘルベルトへの愛についても、ぼくはもっと聞きたいと思っていた。彼に対する愛と彼の妄想に対する拒否感をどうやって両立できたのか、知りたかった。そして、愛というのは相手のいい性格と悪い性格をすべて引きずっていくものではないのだと学んだ。

「二人にとっては、相手が自分に合うかどうかは問題じゃなかったの？」

「あら坊や、性格が二人を合わせるわけじゃないのよ。愛が二人を合わせるの」

それからぼくは、愛がいつまで続くものか知りたいと思った。相手の死を越えていつまで続くのか、五十年経っても彼女がまだヘルベルトの死を悼んでいる理由は何なのか。

「わたしはヘルベルトを悼んでるんじゃなくて、彼と一緒に生きてるの。耳が聞こえなくなって、新しい友人があまりできなくなったからかもしれない。わたしに近しかった人たちが、そのまま近い存在であり続けたのよ。祖母、アイク、隣村の友人、同僚、何人かの生徒たち。ときどき、心のなかで彼らと話してるの。ほかの人たちもまだ生き生きと思い出せる。学校管理局の役人、師範学校の女の子たち、ヘルベルトの両親、オルガンの練習をさせてくれた教会の牧師たち。でもあの人たちとは話はしない。ヘルベルトが死んだあと、わたしは長いこと、もう彼とは関わりたくないと思った。でも耳が聞こえなくなって、彼がまた心の扉を叩いたとき、わたしは扉を開いたのよ」

どうしてヘルベルトが死んだあと別の人を選ばなかったのか、ぼくは訊いてみた。

「選ぶ？　それってまるで、木からリンゴの実を選んで穫るように男を選べるみたいじゃない？おまけに、いい男がいいリンゴの実みたいにたくさんぶら下がってるとでもいうみたいね。わたしがいた村で、誰を選べばよかったのかしら？　ティルジットに行ってそこで合唱隊に入るか、ターラウのエンヒェン祭りの準備を手伝うかすれば、誰かを見つけられる可能性があったかもしれないわね。でも、たくさんの男たちが戦争に行ってたし、戻ってきた男たちにはもう、ほかの女たちが求愛していた。わたしの膝の上にリンゴが落ちてくれたなら……」オルガは小さく笑った。それからうなずいた。「そういうことなのよ、坊や。与えられたものを受け取らなければ、そこから最善のものを引き出すことはできないの」

12

大学生活が二、三学期終わったところで、ぼくは別の都市の別の大学に転校した（ドイツでは大学を転校することは珍しくない）。ぼくは専攻も変えた。神学と医学から、哲学に変更したのだ。

哲学の方が就職の見通しは低いので両親は心配したが、それでも応援してくれた。しかし、四人の子どもがいるせいで充分な援助は無理だったので、ぼくは郊外の村の食堂に下宿しながら、そこでウェイターのバイトをした。バイト学生に感心し、気前のよいチップをくれる温厚な客たちがぼくは好きだった。そして、たくさんの皿やグラスをバランスよく運べるようになっていく自分の能力を嬉しく思った。ときには無銭飲食を試みる客もいて、大声で言い争ったり殴り合ったり、警察が踏み込んでくることもあった。ウェイターとしてぼくが経験した一番の大事件は、ある男が妻の愛人にナイフで襲いかかったことだった。流血の騒ぎとなり、食堂は一日閉鎖されることになった。数週間後、襲った男と襲われた男は一緒に仲良くビールを飲んでいた。妻が双方に対して離縁状を突きつけたのだ。ぼくは週に三晩、そこでバイトをした。そのバイトと大学の勉強とオーケストラで、ぼくの生活はいっぱいいっぱいだった。

ぼくはオルガの誕生日に彼女を訪ね、それ以外にも二、三か月おきに訪問するようにしていた。大学町と故郷とのあいだの列車の旅は時間がかかり、故郷では両親、古い友人たち、ぼくが長年参加していたカルテットの仲間たちなど、ぼくに会いたがっている人がたくさんいた。でもぼくは、一度はオルガとも一緒に午後や夕方を過ごすよう、心がけていた。ときには一緒にどこかに出かけた。オルガはあいかわらず活発で、好奇心旺盛だった。ときには午後を彼女の家で過ごし、夜はレストランに連れ出した。冬にはリビングとダイニングを兼ねる角部屋でソファの角に向かい合って座った。頭上の壁には松の木と海と葦を描いた水彩画が掛かっていた。彼女がガラクタ市で見つけた絵で、ポンメルンの風景を思い出させるとのことだった。夏にはちょうど椅子二つ分のスペースがあるバルコニーに座った。貨物駅では貨車がガタガタ音を立て、蒸気機関車が汽笛を鳴らした。バルコニーの上のオルガの小さな庭はいい香りを放ち、蜂たちをおびき寄せた。とても牧歌的な風景だと思ったが、最後の訪問のとき、オルガはその眺めにもう満足していなかった。給水塔が解体されたのだ。

別れを告げるとき、オルガはいつもぼくに何かをくれた。自分で焼いたチョコレートコーティングのマーブルケーキとか、自家製のジャムとか、切って干したリンゴなど。ぼくはいつも胸がいっぱいになって、別れるのが辛かった。どんなに元気そうで力強いとはいえ――オルガはもう九十歳になろうとしていた。転んだり、心臓が止まったり、頭がダメになったりする可能性があり、どの別れも人生最後になりかねなかった。再会の折には抱擁しあったけれど、別れるときにはしないのが恒例だった。彼女は子どもの頭を撫でるように、ぼくの頭を撫でた。彼女はいまだにぼくを「坊や」と呼んでいた。

13

春になってからのある月曜日、母が電話してきた。オルガが入院していて、もう長くなさそうだから、すぐに来なさい、と言うのだった。母は爆発とか重傷というようなことを言ったが、いまは細かく説明できないから、駅で新聞を買いなさい、とのことだった。

新聞の一面に事件のことが出ていた。土曜から日曜にかけての夜、ぼくの故郷の町の市立庭園で爆弾テロがあったというのだ。ビスマルクの銅像を狙ったものだったが銅像には被害はなく、通行人の女性が命を危ぶまれる重傷を負ったとのことだった。彼女はたまたまテロの準備が行われている場所を通りかかって、そのために準備が中断され、急な爆発が起こったのではないかと推測されていた。戦士の記念碑に対するハンブルクでのテロと、ヴィルヘルム皇帝記念碑に対するエムスでのテロに次ぐ三つ目の事件だそうだ。でも誰かが負傷するのは初めてだった。社説は、ラディカルになりテロリズムにまで移行してしまった学生運動について論じていた。他人の身体や生命に配慮しない行動がまかり通れば最悪の事態になりかねない、法治国家として厳格に対処すべきだ、と社説は述べていた。

ぼくが最初に考えたのは、オルガとビスマルクのことだった。オルガはいろいろなことの責任がビスマルクにあると言っていたけれど、いまやオルガの死までがビスマルクの責任というわけだ。それはなんだか滑稽で、皮肉でバカげたことだった。もしオルガがまだ笑えるなら、これについて笑うだろうか、とぼくは自問した。それからぼくは、そんな真夜中にオルガはどこからどこへ行こうとしていたのだろうか、耳が聞こえないせいで犯人の声が聞こえず、避けることもできなかったのだろうか、どんな種類の怪我をしたのだろう、痛むのだろうか、モルヒネを打っているだろうか、話せる状態なのだろうか、とあれこれ考えた。それから初めてはっきりと、母が電話口で言った言葉に衝撃を受けた。オルガはもう長くない。

ぼくは列車に座り、春らしい景色のなかを進んでいった。青い空、新緑の森、ピンクの花を咲かせた果樹。ハイキングや散歩にふさわしい景色だ。オルガは春が来るのを楽しみにしていた。三週間後には彼女を訪問する予定だった。

オルガが死を恐れていないのを、ぼくは知っていた。遅かれ早かれ、いずれにせよいつかは彼女を喪うことになるのもわかっていた。オルガは高齢だった。しかし、ぼくが知っている彼女の理解力、好奇心や思いやり、ぼくのことをひたすら喜んでくれるだけで、何も求めない彼女の愛――こういったものは祖父母には備わっていたが、それ以外の誰にも見出すことはできなかった。両親にも、友人にも、恋人にも。ぼくは、もう二度と見出すことのないものを喪うのだ。彼女との会話、その姿や顔、温かい両手やラヴェンダーの匂いも喪ってしまうのだった。彼女が死んでしまったら、ぼくはもうそれほど故郷に戻ることもないだろうし、かつてのような気持ちで帰郷することもないだろう。

母が駅まで来てくれて、すぐに車で病院に連れていってくれた。母はぼくに心の準備をさせた。爆発はオルガの側部と腹に穴を開け、内臓を傷つけたので、あとはもう痛みのコントロールをして死を待つだけなのだそうだ。オルガはモルヒネを与えられ、朦朧として眠っている。ときどき話しかけられるときもあるが、たいていは無理だ。オルガは自分がまもなく死ぬことを知り、それを受け入れている。ぼくの到着を楽しみにしてはいるが、ぼくが行ってもおそらく眠っているだろう。そして、彼女が目覚めない場合があることも、覚悟しておかなくてはいけない。

14

女性の看護師が、ぼくをオルガのベッドまで案内してくれた。個室で、大きな窓から日光が差し込んでいた。窓から駐車場や小さな芝生、一列に並んだポプラの木が見えた。オルガは点滴を受けていて、看護師はその透明な液体が同じテンポでオルガの血管に流れ込んでいるのを確かめてから出ていった。

オルガは眠っていた。小さなテーブルの上に大きな花束が活けられており、市長からのカードがあった。市長は自分の驚愕と同情を言葉にし、オルガの回復を願っていた。テーブルの脇に椅子があったので、ぼくはそれをベッドサイドに引き寄せ、座ってオルガの手を取り、彼女を見つめていた。

彼女の顔には引っ掻き傷があり、上から赤い薬が塗られていたが、ひどい傷ではなかった。肌は灰色で萎れていて、口は開いており、小さないびきをかいていた。まぶたはぴくぴく動いていた。徹夜か大仕事のあとのような様子で、テロで致命傷を負ったようには見えなかった。一日ひなたぼっこをして、いい食事とたっぷりの睡眠をとれば、また元気になれそうだった。

彼女の手は軽かった。年をとってできたシミや、浮き上がった血管、関節が骨張った細い指、短く切った爪が見えた。それは右手、いつもぼくの頭を撫でてくれた手だった。ぼくは自分のもう一方の手をその右手に重ねた。まるで、それで彼女を守れるかのように。

オルガは目を開いた。一瞬視線をさまよわせたが、ぼくを見つけ、愛情や喜びで顔を輝かせたので、ぼくは泣かずにはいられなかった。ぼくには理解できなかった。この顔の輝きがぼくのためだなんて。彼女はぼくをこんなに愛してくれて、ぼくが来たのを喜んでいる。そもそも誰かがぼくのことをこんなに愛し、喜んでくれるなんて。

「あら、坊や」とオルガは言った。「あら、坊や」

ぼくたちは二言三言、言葉を交わした。

「痛む？」

「ううん、痛くはない」

「みんな親切にしてくれる？」

「あんたが来てくれて嬉しい」

「ぼくもここに来られて嬉しいよ」

「お母さんから聞いた？」

「土曜から日曜にかけての夜に何が起こったの？」

「そんなこと、どうでもよくない？」

「こんなふうに死にたくはなかっただろ」

「これは悪い死に方じゃないわよ」

それからまたオルガは目を閉じた。ぼくは彼女の手を握り続け、顔を眺め続けた。彼女も泣いていた。両頬に涙の粒がぶら下がっていた。

回診の時間が来るまで、ぼくはそこにいた。医者は眠っているオルガにちらりと目をやり、ぼくに向かってうなずき、看護師に向かってうなずくと、また出ていった。看護師は新しい点滴の袋を取り付け、オルガがもうどれくらい眠っているのかとぼくに尋ね、あとでまた来るか、明日にした方がいいと忠告した。回診のときに起きていなければ、そんなにすぐ目覚めることはないとのことだった。

町のなかを通り、橋から橋へとぼくは歩いた。一方の川岸からもう一方へ渡り、そしてまた戻った。道を通り、野原に向かっていった。運河のそばに腰を下ろし、水や小舟を眺めていた。それからぼくは市立庭園のビスマルク像に足を向けた。禁止線が張られていたが、テロの痕跡を探して砂利や草をつつき回している人間はいなかったし、ビスマルクの胸像はしっかりと高い台座の上に載っていた。ぼくはその像を子どものころから知っていた。光沢のある黒っぽい花崗岩の上に明るい色の砂岩でできた像が載っており、その禿げ頭と口ひげは、祖父のものと同じだった。これまで、その像をこれほどじっと眺めたことはなかった。少し斜めになっているだろうか？それともぼくの思い違いだろうか？　いまになって斜めになったのだろうか？　それともずっとこうだったのだろうか？

夜の八時に、ぼくはまた病院に行った。オルガはさっきと同じように眠っていた。ぼくはまたベッドサイドに座り、また彼女の手を取った。ときおり彼女は一瞬目を開いたり、首を横に振ったりした。ときには何か言いたそうな声が口から漏れることもあったが、単語にはならず、ぼくにはわからなかった。ときにはぼくの手のなかで彼女の手がぴくっと動くこともあった。ゆっくりと袋のなかの液体が流れ落ちていった。外がゆっくりと暗くなった。

ぼくはいつのまにか眠ってしまった。目を覚ましたとき、オルガの手はぼくの手のなかで冷たくなっていた。夜勤の看護師を呼びに行くと、彼女は一緒にベッドまでついてきた。そう、オルガはすでに亡くなっていた。

15

彼女は山の墓地に埋葬された。オルガについての記事を書こうとしたレポーターが、ぼくを見つけ出し、彼女の人生について質問した。ぼくは彼に、オルガが山の墓地が好きだったことを語った。そのことが記事のなかで言及され、テロ事件の犠牲者としてすでに有名になっていた彼女は、市長の指示でそこに葬られることになった。山の墓地には、誰でも墓所を得られるわけではなかった。

ぼくはそれまで、祖父母の葬儀にしか出席したことがなかった。祖父母の葬儀には親戚や友人などたくさんの人々が集まり、祖父母の思い出を語り交わしてその人生を偲んだ。オルガの葬儀では、最初はぼくと母だけが出席者だった。それから市長の委託を受けた女性が大きな花輪を抱えて現れ、知り合いのレポーターと、ぼくの知らない一人の男性がやってきた。ぼくたちはチャペルに立ち、オルガについて母から聞いたことを副牧師が語るのを聞いた。それから墓所に立ち、持参した色とりどりのバラの花束とひとすくいの土を墓穴のなかに投げ込んだ。

駐車場に行く道で、知らない男性がぼくに話しかけた。「警部のヴェルカーです。少し時間をいただけますか？　わざわざ警察に来ていただくまでもないと思って。質問したいことは一点か二点だけです」

　ぼくたちは立ち止まった。

「このテロ事件は、いろいろと謎が多いのです。爆発の作用と、怪我の仕方についてなのですが——まるで、この攻撃は亡くなったリンケさんに向けられていたのではないかと思うほどです。あなたは奇妙に思われるでしょうし、わたしたちもそう思うのですが、お尋ねしないわけにはいきません。故人が自発的に、もしくは意に反して、何らかの危険に巻き込まれていたというようなことはありませんでしたか？」

　ぼくは笑わずにはいられなかった。「警察から危険人物だと思われるようなことがあれば、彼女はかえって喜んだかもしれません。でも、まったくあり得ないことです。耳が聞こえなかったことはご存じでしょう？」

　警部はうなずいた。「土曜日から日曜日にかけての夜、午前二時から三時のあいだに市立庭園で彼女が何をしていたか、想像できますか？」

「本人に訊いてみたのですが、答えたがりませんでした。話す力がほとんど残っていませんでしたし、彼女にとって重要ではなかったんです。歩くのが好きでしたし、ひょっとして眠れなかったのかもしれません。そんな話をしたことはありませんが、眠れない夜に街の通りを歩いていたことは想像できます。怖いもの知らずでしたから」

　ヴェルカー警部は感謝の言葉を述べ、立ち去った。母がぼくたちの会話を聞いていた。「もしそんな習慣があったのなら、きっと口にしたはずだと思うわ」

　ぼくは肩をすくめた。「ぼくもそう思うよ。でも、わかるわけないだろ？」ぼくは、彼女をよく知っているつもりだった。でも夜中に市立庭園へ行ったのは謎だった。夜中に町を歩く習慣があったのだろうというのが、一番いい説明だったのだ。

翌日大学に戻るつもりだったので、ぼくはその日両親のところに泊まった。オルガの住居の片付けや、口座や保険や年会員や予約購読の解約の手続き——ほんとはぼくが引き受ける予定で、オルガにもそう約束していたのだが、試験が迫っていた。そこで、母がこれらの仕事を引き受けてくれた。ぼくたちは朝、一緒にオルガのアパートに行き、自分の手元に置きたいものを書きとめた。松の木と海と葦の水彩画、本、書き物、オルガが付けていたときにぼくの気に入った一つのアクセサリー。遺産の手続きは母がしてくれるとのことだった。

数週間後、ぼくは遺産裁判所から書類を受け取った。オルガはぼくを相続人に指定していた。銀行口座には一万二千マルク残っていた。ぼくはその金に手をつけたくなかった。通帳をぼくの名前に書き換えてもらって、出生証明書や堅信礼の証明書、成績表などがある場所に置き、そして忘れてしまった。

16

ルソーの哲学的で教育的な小説『エミール』についての博士論文で、ぼくは大学での勉強を締めくくった。ほんとうは大学教授になりたかったが、論文の評価は高くはなく、大学に残る可能性を開くものではなかった。しかし、改革意識の高い文化大臣が、自分の部下として教員や法律家だけでなくアウトサイダーも求めていたので、ぼくは文化省で働くことになった。文化省で妻と知り合った。正式に公務員になったとき、ぼくたちは結婚した。まもなく二人の子どもが生まれ、家も建てた。結婚生活には楽なときもあれば厳しいときもあったし、子育ても楽しかったり、いろいろ心配があったりした——人生はそういうものだ。運命の打撃からはぼくたちは守られていて、明日はどうなるんだろうというような不安を持つ必要はなかった。

ぼくは文化省に残り、長年のあいだ学校統計や必需品の配布や学校間の役割分担、人事計画や教員養成、雇用や転勤、そしてフリースクールなどを担当し、部長として退職した。ときには、教師になって子どもたちと直接関わる機会を持たなかったことを後悔することもあった。いずれにせよ、子どもたちのために間接的には働いていた。それにぼくは、自分の職場を愛していた。朝は上機嫌で勝手知ったる職場に入り、夕方には満足してそこを立ち去っていた。でも、退職したあとは職場では必要とされなくなってしまった。そういう点では、引退しても後進の人々を手伝うことのできる医者や弁護士、顧問として相談に乗れるマネージャーやエンジニアの方がいいのかもしれない。

妻はまだ担当官として働いていたので、ぼくはこれまで自分の仕事にしてこなかった用事を引き受けることにした。買い物、料理、皿洗い、洗濯、庭の手入れ。妻は当初、ぼくが毎晩料理をして、洗濯物も色落ちさせず、セーターが伸びたりブラウスがくしゃくしゃになったりすることもないのを喜んだ。でもやがてそれが当たり前になってしまって、疲れ切って無口な状態で夕食の席に着くようになり、洗濯物も当然のように棚から取り出すようになった。ちょうどぼくが、何十年もそうしていたように。そうなると家事をする楽しみもなくなってしまったが、庭の手入れだけは楽しかった。疲れ切って無口な妻が賞賛の言葉を口にしなくても、花が咲き、茂みが成長し、実をつけることで、植物は庭師の努力に応えてくれる。それでもぼくは、妻が仕事を辞める日を心待ちにしていた。そうなったら家や庭の仕事を分担しあって、ずっと夢見ていた北方への旅行に行こうと思っていた。ヘブリディーズ諸島（スコットランドの西岸沖にある英国領の島々）やスコットランド、スカンジナビア諸国、カナダやアラスカなどへ。

だが結果は違っていた。退職の数か月前——ちょうどその朝、新聞に出ていた難民宿舎の放火事件を読んでぎょっとしたところだった——妻は車で出かけ、氷雨のなかで交通事故に巻き込まれて、病院に搬送される途中で息を引き取った。ぼくは妻に別れの言葉を言うことさえできなかった。

それ以来、ぼくは一人で暮らしている。家は大きすぎるが、ぼくにとっては愛着があり、何とかうまく暮らせている。息子は建築家として中国で働いており、ドイツに戻ってくるとぼくの家に泊まる。娘は隣の市で教員になり、結婚して三人の子どもの母になった。学校が休みになると、孫のうちの誰かが遊びに来てくれる。妻を亡くしたことで胸は痛むが、自分の人生に感謝すべきだと思う。ぼくは人や土地に愛着し、長く続くものが好きで、断絶を憎んでいる。安定した人生を生きていきたいのだ。

そして、オルガのこともぼくは長いあいだ変わらずに思い出してきたし、いまも思い出している。

17

彼女を思い出すのは、デスクの横の壁に愛する人々の写真が掛かっているから、というだけではない。そこにはオルガが東からの逃亡の後に写真屋で撮らせた写真も掛けられている。ぼくはその写真を、堅信礼の前日にヴィクトリアやヘルベルトと撮った写真と一緒に、彼女が残した書類のなかに見つけた。書類は師範学校の修了証や聾学校の修了証、アイクの署名のある風景のスケッチや、ある学校の平面図などで、ヘルベルトが南西アフリカから送った手紙も一束あった。

故郷の町に帰るとき——両親がもう亡くなってしまったので、定期的に帰ることはないが、それでもたまに同窓会や友達と会うために戻る——ぼくはしばしばビスマルク記念碑のそばを通りかかる。何度もじっと眺めた結果、それが少しだけ斜めになっていると確信している。ビスマルク記念碑は残り続けているが、ぼくにとってはその傾き具合がオルガのための記念碑なのだ。

誰かとハイキングや散歩に行って、お互いに無口になったときや、誰かと映画館に行ったあと、映画について話すまでに時間をおいたりするとき、ぼくはオルガのことを考える。一緒に沈黙することのできる人間を見つけた、と誰かが嬉しそうに報告するときもそうだ。自分をさらけ出したり、相手を楽しませたりしなくてはならないと思う必要がなく、それでもつながっていられるのはいいことだ。でもそれは、誰かにできて誰かにできないとか、誰かをつなげて誰かを引き離すといった事柄ではない。沈黙は学べるのだ——沈黙に含まれる、待機の姿勢によって。

オルガと一緒に墓地を散歩したときの喜びも、心に残っている。その墓地が特別で、とりわけ古かったり美しかったり、魔法にかかったようだったり不気味だったりするとき、ぼくは心のなかでオルガもそこに連れていく。一度、アメリカの田舎で休暇を過ごしたときによく訪れた墓地で、ぼくはオルガを非常に身近に感じた。その墓地は森のなかにぽつんとある平らな草地で、草や木の生えた小さな丘へと続いている。その丘には当初ネイティブアメリカンたちが死者を埋葬しており、それから十八世紀や十九世紀の入植者たちが、草地に死者を葬るようになるまでそこを墓所にしていたのだった。土地は分筆されておらず、墓石だけがあった。大きな石は大人、小さなのは子どものためで、多くの墓石には同じ名前が刻まれていた。英語の名前、オランダ語の名前、ドイツ語の名前。いくつかの墓石には職業や、死者を褒め称える言葉も刻まれていた。ある墓では、南から北へ逃亡した奴隷が、自分の解放の年を記していた。かなりの墓石には脇にアメリカ国旗が立てられており、退役軍人であることを示していた。誰もが一緒に眠っていた。昔葬られたネイティブアメリカンも、現代になってから亡くなった人々も。そこはみなが平等な場所で、死の恐怖も感じられなかった。

DVDで映画を観たり、インターネットで見たりするときにも、オルガがもし生きていたら、どの映画にも字幕を付けることができて、どんなに幸せだっただろうと思わずにはいられない。スクリーンを見て唇を読み、推測することはできたものの、オルガが一番好きだったのはドイツ語字幕の付いた外国映画だった。フォイエルバッハやベックリン、「皇帝マキシミリアンの処刑」などの絵を見ても、必ず彼女のことを思い出す。そして、万年筆やミシン、とりわけ古いミシンを見るときもそうだ。

さらにぼくがオルガを思い浮かべるのは、彼女が生きていたら大げさすぎると見なすであろうできごとが起きたときだ。彼女は、ぼくたち学生がモラルに関して思い上がっていると批判していた——今日だったら、調査報道を忘れ、モラルに関するスキャンダル事件ばかり作り上げているマスメディアを嘲笑したことだろう。連邦首相官房や連邦議会の建物、それにホロコースト警告碑も大きすぎると見なしただろう。ドイツの再統一は喜んだだろうが、それ以来拡大を続けているEUや、グローバル化された世界は大きすぎると感じただろう。

18

ときおり、ぼくはヘルベルトのことも思い出した。

もうずっと前のある日曜日、子どもたちがまだ小さかったころだ。妻とぼくは子どもたちと一緒に大きなガラクタ市に行った。食器やカトラリー、真鍮のランプやベークライトの万年筆、ハンドバッグやハンカチなどのほかに、ぼくは古い絵はがきの入った箱を見つけたのだ。それは「南西アフリカにおけるドイツ騎兵」という一連のシリーズで、防衛隊の人々が乗馬している姿や歩いている姿をカラーで描いていた。あるときは丘の上で遠くに目を向け、あるときは砂丘の稜線の背後に身を隠し、あるときは大砲や機関銃を並べ、しばしばサーベルを上に振り上げたり、むき出しの銃剣を構えて突進している。アフリカの木に金属の星を飾ったクリスマスツリーで祝いつつ、口を大きく開けて歌っている絵もあった。戦闘中の絵が二枚あった。一枚の絵では兵士たちは平らな岩の上に腹ばいになって銃撃しており、銃口の前に白い煙が上がっている。もう一枚の絵では、逃げ惑い、よろけたり斃れたりしている数人のヘレロ族に対してドイツ兵が馬に乗って駆け寄っていた。南西アフリカのドイツ騎兵たちはスマートで、砂のような灰色の制服とダークグレイの帽子を身につけ、帽子の右側のつばを黒白赤の帽章で奇妙に高く折って留め、口ひげはくるくるひねって尖らせていた。こういう絵がドイツ人の心を高鳴らせたんだろうな、とぼくは思った。

オバンボ族（ナミビア最大の民族グループ）の解放戦争やナミビアの独立について何か読んだりしたときにもヘルベルトのことを思い出したし、アメリカやソ連の潜水艦が北極で氷を破って浮上したとか、ソ連の砕氷船が十八日間で北東航路を通過したとかいうニュースを聞いたときもそうだった。彼の目論見が無駄だったと歴史が証明したのを知ったら、ヘルベルトは怒っただろうか？ オルガは喜んだだろうか？

それからぼくは新聞で、当時ヘルベルトに何が起こったのかを調べるために北東島への遠征隊が出発したというニュースを読んだ。これがきっかけで、ぼくはまたヘルベルトの人生を思い出した。アフリカへの出征、北極へ行きたいという功名心、準備不足のうえに出発も遅れた遠征の愚かさ、破滅。北東島を横断しようと出発したヘルベルトと三人の隊員を助けるために派遣された、数次の救援隊の空しい試み。さまざまな装備についても言及があった。ノルウェーのセイウチ狩りの漁師が一九三七年に拾ったアルミニウムの鍋。ドイツの兵士たちが一九四五年に見つけたアルミニウムの皿。

今回の遠征隊も、ヘルベルトの痕跡を見つけることはできなかった。鍵をなくした人間が、街灯の下だけが明るいのでそこばかり探すのと同じように、遠征隊も探しやすい場所しか探さず、ヘルベルトが迷い込んだかもしれない氷原や氷河の上は探さなかった。報告には効率のよいソーラーパネルや、トナカイやホッキョクグマとの遭遇、橇での移動についても書かれていたが、大部分は流氷のあいだや融解した氷のぬかるみのなかを通っていく骨の折れる行程であり、ときおりほんの一瞬、幸せな瞬間があるだけだった。写真は大量の白い雪と青い空、赤いテント、赤い積み荷を載せた橇、赤い舌を出したハスキー犬、防寒着に身を包んだ陽気な人々を写していた。

ぼくは北極について、別のイメージを持っていた。暗闇に覆われた深淵とか、そのなかにヘルベルトの憧れが吸い込まれていった虚無のイメージだ。大学図書館でヘルベルトの遠征についての本を見つけたが、そのなかには白黒写真もあった。その写真ではすべてが陰鬱で、雪も空も灰色、男たちと犬は暗い輪郭、陸地は不鮮明で亀裂が入り、荒涼としていた。ヘルベルトの遠征隊で生還した隊員の一人は自分の手記を、残虐な自然の測りがたい支配に対する嘆息で終えており、驚愕し言葉を失いつつ、自然に対する崇敬の念で頭を垂れていた。

19

探していたものを見つけられなかった遠征隊と、国民にインスピレーションを与えようとして描かれたけれど、いまでは珍品となってしまった何枚かの絵はがきと――人生の航路を規定するものは、なんと不可思議なのだろう！

遠征隊のことが報じられてから半年後、ぼくはベルリンに住むアーデルハイト・フォルクマンという人物から手紙を受け取った。ぼくに会いたいとのことだった。彼女の父親がヘルベルト・シュレーダーやオルガ・リンケの話をしていたとのことで、新聞に遠征隊の報告が出たのがきっかけで、彼女は以前中断したオルガ・リンケ探しを再開したのだそうだ。そして、今回は探偵の助けも借りて、オルガ・リンケの遺産相続人がぼくであることをつきとめた、というのだった。

それと同じ時期に、ジンスハイムに住むローベルト・クルツという絵はがきコレクターからのメールも届いた。南西アフリカのドイツ騎兵隊の絵はがきが、古い絵はがきを集める喜びをぼくの胸に呼び覚ましたのだ。ぼくの妻はガラクタ市が好きだったが、彼女がまんべんなく品物を見て回っているあいだに、ぼくは古い絵はがきが入った箱をチェックしたものだった。その間に絵はがきコレクターの世界も知るようになった。彼らはテーマやできごとや場所ごとに分類したコレクションを行っていた。彼らのジャーナルや会合、マーケット、ウェブサイトやチャットルームも一通り見てみた。そして、絵はがきの価値や値段を決めるカテゴリーについても知るようになった。ぼく自身はそれほど真剣なコレクターにはならなかった。真剣なコレクターたちは専門的なテーマを追いかけ、とりわけ野心的な人々はコレクションを完璧にしようと努力していた。たとえばキフホイザー(ドイツ東部のテューリンゲンにある山地)にある記念碑の絵はがきをすべて集めるとか、サンフランシスコのゴールデンゲート・ブリッジの絵はがきをすべて集める、といったようなことだ。ぼくは自分の気に入った絵はがきだけを集めていた。裏に書かれた文章にも注意を払っていた――真剣なコレクターたちは文章を軽視していたが、ぼくは絵はがきからうかがえる物語が好きだったのだ。

ぼくのコレクションには、ボストン港の灯台《ボストン・ライト》のものが一枚あった。その絵はがきではある母親が一九一八年の九月にカサブランカにいる息子に宛てて、恐ろしいインフルエンザが流行《はや》っているからボストンへの帰還を遅らせるように、と警告を送っていた。一九二六年十月にはアイルランドのベルファストに住むギルバートという人物が、オスロに住む友人のハーコンに対して、ワインを満たしたグラスの絵はがきを送って、休暇中だけど投票を忘れるな、と促していた。ノルウェーの禁酒令が解除されなければ、ぼくはそっちへは行かないよ、というのだ。一九三六年六月に送られた一枚の絵はがきには、セント・ヘレナ島のナポレオンの絵が描かれていた。その絵はがきではセント・ヘレナ島に住むジェイムズが、オックスフォードに住む兄か弟のフィルに宛てて、自分はナポレオンの遺体がパリに移送される前に葬られていた地面で、ヒ素の痕跡を発見したと書いていた。ぼくはビスマルク記念碑の絵はがきも一枚持っているが、その写真では胸像は台座にまっすぐ立てられている。しかし、話がすっかり横に逸れてしまった。

三年前、ぼくは一九一三年五月にトロムソの郵便局留めでペーター・ゴルトバッハに宛てられた、ドイツの国会議事堂の絵がついた絵はがきを見つけた。ガラクタ市の出品者は、どこでその絵はがきを手に入れたのかもう覚えていない、と言った。ぼくは絵はがきコレクターが広告を出せるあらゆる場所に広告を出してみた。「一九一三年から一四年にかけて、トロムソの郵便局留めで出された絵はがきを売ってくれる人を知りませんか？」それに応じて送られてきた情報は役に立たないものばかりだったが、ぼくは迷うことなく、新しく広告を出し続けた。アーデルハイト・フォルクマンからの手紙を受け取った数日後に、ローベルト・クルツからのメールが届いた。彼の息子がつい最近ノルウェーにクルーズに行き、トロムソの古書店で見つけた一束の絵はがきを土産に持ち帰ったというのだ。その絵はがきはすべてトロムソの郵便局留めになっていた。ただ、古書店の名前は思い出せないという。

インターネットで検索すると、トロムソにある一軒の古書店がヒットした。ぼくは電話をかけ、英語で質問し、英語で答えをもらった。ローベルト・クルツの息子が絵はがきを見つけたのは、この店ではないらしい。トロムソには、ほかにも古書店がありますか？　もう一軒ありますが、店はいま改修中で、店主もまだ商売を始めてはいません。残念ながら名前も住所も電話番号もわかりません。

ぼくはアーデルハイト・フォルクマンに返事を書き、二週間後に会うことを提案して、電話番号とメールアドレスを伝えた。それから飛行機を予約し、二日後にオスロを経由してトロムソに飛んだ。

20

朝、トロムソで目が覚めたとき、外は暗かった。一月のトロムソではそれ以上のことは期待できないんだな、とぼくは理解した。せいぜい昼ごろに鈍い光が差すくらいだ。窓辺に歩み寄って、大小の船が停泊している、灯りがついた港を見下ろした。他のいくつかのホテルは平たい屋根で、正面がすべすべしており、広場に積もった雪は汚れていた。その前の晩、一台のバスが、雪に降り込められた土地と長いトンネルを通って、空港からトロムソの町までぼくを運んだ。それからバスは店やレストランのある明るく照らされた道を通り、脇道にあるぼくのホテルまで来た。明るく照らされた道がメインストリートに違いない。そこには本屋があるだろうから、地図を買い、古書店の場所を尋ねることができるだろう。

もしあるとすれば坂の途中だね、と言われた。そこでぼくは坂道を下っていき、教会と、大学のキャンパス、オフィスビル、住宅、園芸農園が経営する花屋、ショーウィンドウに何も商品がなくて男女がコンピューターに向かって仕事をしているだけの商店などを見た。昼にはメインストリートのレストランで食事をし、それからまた坂の途中の道に戻ってきた。雪が降っており、そのせいでつるつるしている歩道の上を、ゆっくりと慎重に一歩一歩進んでいった。

　真昼の灰色の光がまた闇に変わったころ、古書店を見つけた。その店は住宅になっている建物の半地下にあり、階段でドアまで降りていくようになっていた。地面と同じ高さに窓があった。窓には白いテープで大きな文字が、「古書店《アンティクヴァリスケ》」と貼り付けられていた。文字の隙間から、店主が本を棚に並べているのが見えた。店に入っていくときに挨拶すると、挨拶を返された――でも、それだけだった。別の客がいたわけではないが、店主はぼくの方には向かず、何を探しているのかとか、助けが必要か、と尋ねることもなかった。試すようにぼくを見つめたその顔は、人を寄せつけず、不信感を示していた。彼はまた本の方を向いた。

　ぼくは本棚に沿って歩いていき、ときには知っている著者名に出会い、タイトルの意味も推測することができた。「地理《ゲオグラフィスク》」「歴史《ヒストリスク》」という見出し語も理解したが、それ以上のノルウェー語はわからなかった。一つのテーブルの上に、世界中の古い絵はがきが厚紙の箱に入り、国ごとに分類されていた。ぼくはそのなかのいくつかを手にとって、住所を眺めてみた。トロムソ、郵便局留め。

　どうやって話を進めるべきか、ぼくにはわからなかった。どこからこんなにたくさん、トロムソ郵便局留めの絵はがきを手に入れたのか、彼に訊くべきだろうか？　局留めの手紙もあるかどうか？　手紙を探してもいいかどうか？　手紙一通をいくらで売ってくれるか？　そもそもぼくたちは、話が通じるのだろうか？

　ぼくは古書店主に英語で、ドイツ語の本はないか、と尋ねてみた。彼は英語で、隣の部屋のドイツ文学の棚のところにある、と答えた。そこには地理学や地質学、生物学などの実用書、それから一九三〇年代や四〇年代の小説が並んでいた。ドイツ軍の占領が終わったあと、本だけが残ったものらしい。部屋のまんなかにテーブルがあり、安楽椅子も二脚おかれていた。テーブルの上にはまた厚紙の箱があり、今度は絵はがきではなく、古い手紙が入っていた。そして宛先はふたたびトロムソの郵便局留めになっていた。

ぼくは古書店主のところに戻った。「興味深いものがいろいろありますね」

「そう思ってくれるなら嬉しいですね。もっとたくさん品揃えをしたいんだが、まだ商売を始めたばかりでね」

「古い絵はがきや手紙がずいぶんたくさんありますね」

「そうだね。手紙のことだけでわざわざ訪ねてくる客も、よくいるんだ。過ぎ去った時代の、忘れられた書き手の手紙を覗き見たいという人間の好奇心がなければ、どうやって商売していいかわからないよ」

「どこからこれを手に入れたんですか？」

彼は笑った。「それは秘密さ」

「ほかにもまだありますか？」

「何年間も箱をいっぱいにできるくらいはあるね」

ぼくはもう少しでオルガの手紙のことを話しそうになった。しかし彼は入手先は秘密だと言ったし、こちらもいったんは彼の話に合わせようと思った。いずれにせよ、彼が手紙を持っていることと、英語で話せることはわかった。そこでぼくは「また来ます」と言って、店を出て行った。ドアのところには「営業時間《アプニングスティダー》　十四時から二十時まで」と書かれていた。

21

翌日、ぼくは夕方まで時間をつぶした。木造の家や教会のある旧市街の道を行ったり来たりし、港で灰色に光る海や、トロムソがある島から陸地に向かって高いアーチを架けている灰色の橋を眺めた。カモメたちにパンを投げてやると、空中で咥えて飛び去った。灰色の橋を渡ってみた。風が金網の格子越しにビュウビュウ吹きつけた。ケーブルカーで山の上に上がり、雪のなかに立って町と海を見下ろした。

トロムソの局留めの郵便はたっぷりあり、何年間も箱をいっぱいにできるくらいだ――これは、どう考えてもおかしなことだった。公務員だったぼくの記憶では、誰も受け取りに来なかった局留め郵便は、郵便局のアーカイブに入れるか、破棄されるかのどちらかだった。それ以外の処理は以前だったら規則違反だったし、現在なら個人情報保護の観点からも認められないだろう。

ぼくは午後八時直前に古書店に入った。店主はちょうどコートを着たところだった。「もうお帰りですか？　お話ししたいことがあるのですが」

彼はためらいながらそこに立っていた。そっけない様子でぼくを見つめ、ようやくまたコートを脱いだ。「少しの時間ならいいよ」

「店には鍵を掛けてください。向こうの部屋で話しましょう」ぼくはもう一つの部屋で安楽椅子の一つに座り、買ってきたバーボンのボトルと二つのグラスを手提げ袋から出すと、自分たちのために注いだ。彼がもう一つの椅子に座ったとき、ぼくはグラスを持ち上げた。「いいビジネスに乾杯！」

「何のことだか……」

「飲んで下さい！」ぼくたちは飲み、ぼくは相手の顔に、前日にも目についた人を寄せつけない様子と不信感を認めたが、そこには欲望も浮かんでいた。

「ぼくが探しているものを、あなたが持っているかどうかはわかりません。ひょっとしたら手に入れたことがないのかもしれないし、もう売り払ってるかもしれない。でも、もしかしたらトロムソの局留め郵便という宝のなかに、それが含まれているかもしれません」ぼくは彼に、オルガ・リンケとヘルベルト・シュレーダーのことを語った。

「その手紙は、あんたにとってどれくらいの価値があるんだね？」

「お持ちなんですか？」

「まだわからん。あんたが宝と呼んだもののなかを、探し回らなくちゃならんからね。それは大変な仕事だし、時間もかかる。だからもう一度訊くが、その手紙はどれくらいの価値があるんだね？」

「一通あたり百ユーロ」

「百ユーロだって？」彼は大笑いして首を振った。「もし千ユーロの価値がないのなら……」

「そんなに高いのなら、むしろ郵便局のアーカイブに行って、自分で探させてもらうことを期待しますよ。あなたが郵便をアーカイブに返還したあとでね」

「もし奴らが探させないと言ったら？」

「運が悪かったことになりますね。だからあなたと交渉したいんです。でもお互いに納得できる条件でなくちゃいけません」

「五百ユーロだ」

「二百ユーロで」

　ぼくたちは三百ユーロで合意した。彼はどうやってこれらの郵便を手に入れたか話してくれた。

「古い郵便局がある場所を知ってるかね？　もうすぐ新しい図書館になるんだが？　その建物には巨大な倉庫があるんだ。ほんとなら局留め郵便はアーカイブに送るはずなんだが、局長はそういう郵便を倉庫に貯め込んだんだ。その方が簡単だし、そんなものを包装して送るより重要な仕事はいつでもあるからね。新しい郵便局が完成して古い方を明け渡し、倉庫を空にするときが来たら、アーカイブに送るにはもう時期が遅すぎたというわけさ。だから郵便物を手放すことにしたんだ。もちろん、こっそりとだよ。郵便局で働いていた友人が、倉庫を整理する約束をして、俺と一緒に倉庫を空にしたんだ」彼は立ち上がり、隣の部屋の鍵を開けたが、そこは手紙でいっぱいの地下室だった。一通ずつバラバラのもの、束ねたもの、小さな封筒や大きな封筒、小さな小包や大きな小包、絵はがき。

　ぼくも立ち上がって彼のそばに行った。「自分で探しましょうか？　あなたにはいろいろやることがあるでしょう？」

「あんたが二十通の手紙を見つけて、そのうち十通を隠して、俺に十通だけ見せるとしたら？　俺をどれだけバカだと思ってるんだ？」

「ぼくにできるのは……」

「何もできやしないよ。毎回身体検査をしなくちゃならん。いや、俺が全部の郵便をチェックする。何か見つけたら、あんたがまず金を送って、俺が手紙を送る。それに、何も見つけられず仕事が無駄だったときのために、前金でいま千ユーロ渡してくれ。手紙が見つかったら、精算すればいいだろう」

「どれくらいかかりますか?」

「二、三週間か、一、二か月か、三か月かもしれない——あんたも言ったように、俺にはいろいろやることがあるんでね。だが急いで探すよ」

「二千ユーロ渡しますから、二か月以内に見つけて下さい」

彼はうなずき、ぼくはもう一度バーボンを注いで、彼と乾杯した。

翌日、ぼくは銀行で二千ユーロを下ろし、彼に渡してから帰国した。

22

何も手に入れたわけではなかった。でも、わざわざトロムソまで行って古書店を探し、値段の交渉をして、手紙を探すよう依頼したことと、適正な値段で押し通せたことは、ぼくを活気づけた。これまではあまりに慎重に生きてきたのだろうか? もっと大胆な行動をとるべきなのだろうか?

子どものころに故郷の動物園で見た狐の姿が甦ってきた。動物園は小さく、狐が入れられている屋根付きの鉄条網の檻も小さかった。狐はそのなかで、絶え間なく左から右へ、右から左へと歩き、方向を変えるたびに同じ足で、コンクリートの土台のつるつるになって黒く光っている場所を押すのだった。ぼくもこれまで、つるつるになって黒く光っている場所だけを残してきたのではないか？　それとも、そんな場所さえ残さなかったのか？

だがぼくは、平凡な人生を生きる平凡な人間だ。何も大きなことは成し遂げなかった。他人の偉大さを見る目はあったから、ファウストのような友人がいれば、あるいは人類の生命の樹から突出している人がいれば、その年代記を書くことはできたかもしれない。でもそのような友人もいなかった。ただ、ぼくにはオルガがいた。オルガの思い出は貴重だし、オルガの年代記を綴ることができればぼくは満足なのだ。

オルガの人生がぼくをトロムソへと導き、アーデルハイト・フォルクマンの訪問のきっかけとなった。

アーデルハイト・フォルクマンとは数回電話をした。飛行機で来るべきか、電車で来るべきか、川べりのホテルに泊まるべきか、うちの近くのペンションにするべきか？　彼女は電車で来てペンションに泊まることに決めたが、その理由はよくわからなかった。電車で来る方がリラックスできるし、ぼくの家までの距離が短い方がいいと思ったのか？　それとも金がなくて、節約家でけちん坊なのか？　電車の割引チケットは飛行機より安かったし、ペンションもホテルより安かった。彼女はどんな人なんだろう？　声は若く聞こえたが、年とった女性だって声が若いことはありうる。穏やかな話し方は、落ち着いた人柄の証拠かもしれない。でも、頭の回転が遅くて退屈な人、という可能性もある。

彼女を迎えに駅に行った。春の気配が漂う二月の日で、人々はシャツの腕をまくって道端のカフェやビアガーデンに座っていた。ぼくは彼女を車に乗せて、川べりのガーデンレストランに行った。日没までまだ一時間あり、お茶を飲むには充分だった。

腰を下ろし、彼女の顔を見つめた。目と口の周りに皺があり、アッシュブロンドの髪で、目は緑、口は大きかった。六十歳くらいかもしれない。肌はかさかさしていて、スモーカーか、つい最近喫煙をやめたばかりのように見えた。化粧はしておらず、口紅もつけていなかった。プラットフォームから車へ、車からレストランへ歩いていくとき、ぼくの方が彼女より少し背が高く、彼女の方がぼくより少し太っていたが、彼女の安定した確かな足取りが目についた。向かい合って座っているときの彼女もそんなふうだった。安定した、確かな様子。

「最近タバコをやめたばかりですか？　さっきティッシュを取り出したとき、ティッシュの袋をぼくに向けてちょっと差し出しましたね。ちょうど、タバコを吸う人が他の人にタバコの箱を差し出すみたいに」

彼女は笑った。「そうでしたっけ？　ええ、タバコはやめたんです。やめたら書けないんじゃないかと不安でした。でも書けています。新聞社ではタバコなしで記事を書いたことはありませんでした。吸うのを忘れて灰皿で燃え尽きていたこともありますけどね。どこでも起こっていることですけど、部数が下がって広告収入が激減し、解雇が相次いだとき、新聞社だけじゃなくてタバコもやめたの。五週間前です。それ以来フリーのライターになって、これで生きていければいいなと思ってます」

ぼくはほかにも、いろいろ質問した。席を立つころには、彼女の禁煙のプロセスも、ガーデニングや栄養や健康について記事を書いていることも、家庭菜園をやっていることや離婚したこと、娘と孫娘はアメリカにいること、英語の詩をドイツ語に訳していること、一人暮らしが好きなことまで把握していた。彼女もいろいろ質問し、席を立つときにはぼくの生活状況について承知していた。

「うちで夕食に招待してもいいですか？　いいレストランは満席でうるさいですし、話が聞こえにくいんです。ぼくの料理の腕は悪くありませんよ」

彼女が招待を受けてくれたので、ぼくは彼女をペンションの前で下ろし、うちまでの短い経路を説明した。「それでは午後八時に！」

23

夕食はもう準備してあった。カリフラワーのスープと、ビーフストロガノフと、焼きリンゴだ。だから、すぐに料理を始める必要はなくて、しばらく座って考える時間があった。アーデルハイト・フォルクマンは誰を思い出させるのだろう？　彼女の何がひっかかるのだろう？　彼女の顔、若々しい声、落ち着いた話し方、しっかりと安定した振る舞い？　いずれにしても、彼女が節約しなければならない理由はわかった。

まず食事をしてから話をするのだろうと思っていたが、彼女はもう食前酒のときから話し始めた。「わたしの父は一九五五年にソ連の戦争捕虜収容所から戻ってきたんです。最後の帰還者の一人でした。父は一九三九年に結婚し、母は一九四〇年に兄を産み、一九五六年にまだわたしを産めるくらいの若さでした。両親の仲はよくありませんでした。母は十五年間、父なしでやってきて、父を必要としなくなってました。父は十五年間、女なしで暮らしてきて、女を虐待することもなかったけれど、いまになってそれをやろうとしたんです。アドルフという名前をドルフと変えた兄とは、最初からうまくいきませんでした。父はわたしにかかりっきりになりました。戦争や捕虜収容所の話、どうして母を好きになったか、どうして好きになるべきではなかったか、なぜいまでは母のことが我慢できずに隣のおばさんと関係を持ってるのか。そんなことを話してくれたので、わたしはいい気になりました。大切にされ、愛されていると思ったんです――でも父が死んだあとで、自分が利用されていたことに気づきました。わたしのためにしたことではなかったんです。父は刑事警察に勤めていて、刑事部長になってから引退し、一九七二年に肺がんで死にました」彼女はほほえんだ。「喫煙をわたしに教えたのも父です」

彼女は食前酒を一口飲み、首を振って前をぼんやり見つめた。食事を始めるように促そうとしたが、彼女はそのまま話し続けた。「みんなが両親に反抗している時期に、わたしは亡くなった父に反抗しました。彼のエゴイズム、偏狭さ、見栄っ張り、妻や子どもに対する態度――批判する要素は充分たくさんありました。父が自分の過去を偽っていたこともわかっていました。つじつまの合わないことが多かったんです。建築を勉強したと言ってたのに、刑事警察に勤めていたし……」

「お父さんの名前はアイクですか？」

「よかった、すでに彼のことをご存じなのね。父の両親と兄弟は東からのドイツ人追放の際に亡くなったらしいです。赤十字の捜索機関に問い合わせたけど、無駄だったって。でもオルガ・リンケというおばさんがいて、父のことをすごく可愛がってくれて、父もその人が大好きだったようです。子どものとき、第一次大戦後には長いこと一緒に住んでいたそうで、恋人のヘルベルト・シュレーダーのことを話してくれたそうです。ヘルベルトの話を、父はわたしにも聞かせてくれました。父はドイツの英雄が好きなんです」

「お父さんは一九七二年に亡くなったんですね？　そのとき、オルガ・リンケはまだ生きてましたよ」

「でも二人はもう連絡を取り合っていなかったみたいです。どうしてでしょう？　リンケさんの遺品には、何か父に関するものがあるんでしょうか？　子どものころや若者になってからの父は、どんなふうだったんでしょう？　ほんとに建築を勉強したのか、建築で何の仕事をしたのか、どうして刑事警察に行き着いたのか？　十七歳で彼と結婚した若い女性について、父が話したことは正しかったんでしょうか？」

　彼女は問いかけるようにぼくを見つめた。アイクの娘。アイクについてオルガが話した最後のことは、聴力を失ったあとで彼が訪ねてきたという話だった。そのあと、彼はオルガの物語から抜け落ちていた。どうしてぼくはそれを不思議に思わなかったんだろう？

「オルガ・リンケがどんな外見だったか、知っていますか？」ぼくは彼女と仕事部屋に行き、オルガの写真を見せた。

　彼女は長いこと写真を見つめ、壁に掛かっているほかの写真も見た。「この人があなたの奥さん？　これが子どもさんたち？　これは誰？」

　ぼくは彼女に妻と子どもたち、両親と兄姉、友人たちを紹介した。娘が十二歳のときにもらってきて、十七年間うちで飼っていた前足の白い黒猫も紹介した。「そろそろ食事にしませんか？　ぼくが話せることは多くないし、食べながらでも話せます」

24

ぼくはまず、アイクについて知っていることから話し始めた。彼の両親のこと、農家からティルジット、ベルリン、イタリアへの道、ナチ党と親衛隊に入ったこと、彼の人生におけるオルガの役割、彼がオルガを訪問したこと。そのあとでアーデルハイト・フォルクマンはさらに、オルガやヘルベルトについても聞きたがった。彼らの子ども時代、恋愛、植民地や北極についての夢、北東島への遠征、オルガの郵便局留めの手紙。最後に彼女は、オルガとぼくがどうやって知り合い、親しくなったのかも知りたがった。

前菜、メインディッシュ、デザートを食べながら、ぼくは話し続けた。しまいにぼくは、こんなに長く話し続けたことを詫びた。

「あらとんでもない、わたしの方が何度も質問したんですもの」彼女はワイングラスでテーブルクロスに円を描いた。「父はナチ党と親衛隊に所属していたんですね――そうでなければよかったのに、とは思うけれど、でも予想はしていました。これで説明がつきます。あなたが父とオルガについて話して下さったことは……わたしには理解できません。オルガは父によくしてくれて、世話をしてくれたんですから、父が長いことオルガのところに住んでいたというのも嘘ではないと思います。彼らは戦後、わたしたちの知らない形でコンタクトをとったんでしょうか？　どうしてそれを秘密にしたんでしょう？」

「わかりません」ぼくは食器をキッチンに下げた。また戻ってきたとき、彼女はあいかわらずワイングラスをもてあそんでいた。「あなたのお母さんは何と言ってましたか？」

「わたしの母ですか？」彼女は考えごとをしていた顔を上げた。「母は、オルガの話は一回もしませんでした。父が捕虜収容所にいたころにも、父の話はほとんどしなかったらしいですし、帰ってきてからは父のことを憎しみを込めて語るだけでした。父が亡くなる前、母は認知症になりました。母は父と別れるべきだったと思います。早ければ早いほどよかった。看護師でしたから、経済的にも父の存在は必要なかったんです。でも、母は離婚という選択肢を認めませんでした」

彼女は立ち上がり、窓から外の闇を眺め、部屋のなかを行ったり来たりした。ぼくの本やCDを眺め、本棚のあいだの絵に目をやった。毛皮の帽子とゆったりした長袖の上着《カフタン》を着た、十八世紀末ごろのジャン＝ジャック・ルソーの絵だ。

彼女は尋ねた。「父とオルガは絶交したのかしら？　なぜ？」

「ぼくに訊いてもわかりませんよ。絶交という状態が理解できません」

「理解する必要があるかしら？　うまくいかなくなったら、もううまくいかない。それで離れてしまうのよ」

「そうですね、あなたは離婚されたんでしたね」

彼女はぼくが敢えてしなかった質問に答えた。「彼は画家で、天才だったかもしれない。わかりません。最初は、彼が取り憑かれたように仕事する様子が好きでした。でも彼は芸術のこと以外には何も気を配らなくて、わたしがお金を稼ぎ、娘のヤナを育て、トイトブルクの森の外れで、彼が相続した古くて朽ちていくばかりの農家を補修しなくてはいけなかったんです。二、三年後には力尽きました。もう彼に我慢ができなかったんです。ヤナよりも大きくて手がかかる、自己中心的な子どものようでした。彼と別れるのは辛くありませんでした」

「ぼくは人と絶交して生きることができません。人生のなかで結びつきのあったすべての人とコンタクトを保っているし、結婚生活も山あり谷ありだったけど、離婚するなんて思いもよりませんでした」

「オルガにとっては絶交はどうでしたか？　辛いもの？　簡単なもの？」

「わかりません。彼女のことをよく知っているつもりだったけど。でも夜の散歩については彼女が死ぬまで予想もしてなかった。アイクの世話をしたのは知ってたけれど、彼が長年彼女のところに住んだことは知らなかったな。たぶん、彼の両親のいた村がフランス軍かリトアニア軍に占領されて、彼がティルジットのギムナジウムに行っていた時期だと思いますよ。ぼくとオルガの関係には絶交なんてありませんでしたし、オルガもぼくと同じように安定した人間関係を結ぶ人かと思ってました。でもそうじゃなかったのかもしれませんね」

　彼女はうなずいた。他人の実像が往々にして自分の考えと違うことを、彼女は知っていた。

「今夜はありがとうございました。お食事と、いろいろ話して下さったことにも感謝します。明日はこの地方のガーデンショーに行って、この旅行の費用を必要経費として落とせるようにするつもりです。一緒にいらっしゃいますか？」

　ぼくは彼女を九時に車で迎えに行くと約束した。それから彼女をペンションまで送っていった。二回角を曲がり、二本目の道路までだ。

25

彼女のようにしっかりとした人間に会い、おまけに人と別れるのが大して苦痛でもないと聞いてしまうと、ぼくはぜんぜん、その人と深く関わる気にはなれない——どうせ捨てられるだろうと思ってしまうからだ。だが、シュヴァルツヴァルト（ドイツ南西部に南北に連なる山地、「黒い森」の意）に向かって車を走らせているあいだ、ぼくたちは互いに打ち解け合い、思いのたけを述べるかのように自分の話をし、ファーストネームで呼び合うようになった。沈黙しているときにも、話をしなくて気まずいという気分にはならなかった。

ガーデンショーは市長によって、かつては栄えていたけれどいまでは企業や裕福な市民たちを喪ってしまった町にふたたび輝きを与えるチャンスとして利用されていた。庭園と古い城の残滓、これまでは壁でふさがれていた、小さな川のための新しい河床、岸辺の遊歩道などがあった。市民は一緒になってガーデンショーを盛り上げようと、夏のあいだにたっぷり花を咲かせてくれそうなプランターを、窓辺に飾っていた。外壁を塗り直したばかりの家々に、日光が当たっていた。日陰になっている隅のところには、まだ最後の雪が残っていた。アーデルハイトはカメラを持ってきていて、写真を撮った。

「アフターショー。ガーデンショーのあとの冬」というのが、彼女が後に雑誌「公園と庭」のために記事を書いたときのタイトルだった。彼女は市長、ガーデンショーのマネージャー、ローカル新聞の編集長とのインタビューを予定していた。ぼくはそばにいて、彼女が非常に巧くインタビューする様子を見ていた。よく情報を集めており、感じよく質問し、経費や負債についての答えを濁されたりすると、しつこく食い下がった。市長は、ぼくたちを「黄金の白鳥亭」での夕食に招待すると言ってきかなかった。そのレストランはガーデンショーに合わせて新しいマネージャーとコックを迎え、町のレストランの水準を押し上げたというのだ。

帰途につくのが、予定より遅くなった。その日は前日と同じように暖かく日が差していた。だが、午後になると天気が急変して気温が下がり、青かった空が灰色になった。「黄金の白鳥亭」から夜の闇のなかを車まで歩いていくと、パラパラと雪が降ってきた。

ぼくはスムーズに車を走らせた。雪のときには田舎道よりも高速道路の方がいいだろうと考え、雪がひどくなる前に高速道路に入ることができた。しかし、数キロ進むともう雪があまりにも激しくなり、ワイパーもゆっくりとしか動かず、ぼくもスピードを落とさないわけにはいかなかった。ほとんど前が見えなかった。白い道路、白いガードレール、白いスロープが、互いに溶け合っていた。ヘッドライトの光は雪で遮られ、対向車の姿はすれ違う瞬間にようやくはっきりと見えるのだった。ときにはタイヤが空転し、車がスリップしたが、何とか立て直すことができた。側溝に嵌まってしまった車のそばを通りかかったが、その運転手はぼくたちに、このまま行ってくれと合図した。ぼくたちももしいったん車を停めたら、雪が増していく道路でまたエンジンをかけるのは難しかったかもしれない。

アーデルハイトとぼくは話をしなかった。ぼくは緊張して運転席に座っていたし、白い吹雪を見つめながら、必要以上に強くハンドルを握っていた。やがて彼女がぼくの肩に手をおいて、言った。「こういうのが好き。外は寒いけどなかは暖かくて、ゆっくりと走っているのが。到着が真夜中になっても構わない」

　ぼくはうなずいたが、充分にリラックスしてまた質問できるまでには時間がかかった。「アイクはほかに、オルガについてどんなことを話した？　彼女はアイクに対してどうだったんだろう？　厳しかったのか？　寛大だったのか？　彼を教育しようとしたのか、教育は両親に任せていたのか？」

「父のことはとっくにすべて許してるわ。戦争や捕虜収容所で十五年間も過ごしたなら、あらためて生きたいと思うものよ。そこで妻から拒まれたら、愛人も必要よね。ずっとあとで母が認知症になったとき、父が初めて、戦争前にも母を裏切っていた話をしたの。若くして結婚し、母が妊娠していたときのことよ。父は自分が浮気していることを隠しもしなかったんだって」アーデルハイトはため息をついた。「呆けた母は別人のようだったから、わたしはそのことさえ許してしまった。母が死んだあとで、若かった母の気持ちになって、父がどんなにひどいことをしたのか、母がどんなに苦しんだかを理解したの」彼女はまたため息をついた。「でも、あなたの質問はオルガについてだったわね。父の話からわたしが想像したのは果敢だけど愛情溢れる女性で、物語を語るのがすごく巧くて、その話にちゃんと道徳的なオチがついているということだった。ヘルベルトとインディオの話は——怪我と信頼に関する話だったと思うけど、細かいところは思い出せないな。ヘレロ族のところに行ったヘルベルトの話は——他者を正確に観察すべきなのに、自分と違う存在であればあるほどじっくり見るべきなのに、彼はしなかったというオチだった。北極に行ったヘルベルトについては——大きな試みをする際にはしっかり計画を立て、よく準備しなければいけない、ということ。それが常にオルガの見解だったのか、父の見解が混じっていたのか、わからない」

真夜中をかなり過ぎてから、ぼくたちは家に帰り着いた。アーデルハイトは前日の朝、ペンションの入り口の鍵を貸してもらう必要があるとは考えず、部屋の鍵しか持っていなかった。ペンションには夜中に対応してくれる人はいなかったから、客間に泊まらないかというぼくの提案を彼女は受け入れた。彼女が空腹だったので、ぼくはビーフストロガノフを温め、サラダを作った。ぼくたちは言葉少なに食事をした。

「いろいろとどうもありがとう」ぼくたちは立ち上がり、彼女はぼくに歩み寄って、両腕をぼくの首に回し、頭をぼくの胸に押しつけた。ぼくは彼女を抱きしめた。「わたしは明日、六時に家を出なくちゃいけないの。短い夜になるわ。わたしのベッドに来る？」彼女は頭を上げてぼくを見つめた。ぼくがすぐに答えられずにいると、彼女はまたぼくの胸に頭を押しつけた。

「ぼくは……もしすてきな夜になるとしたら、きみが明日行ってしまうのが耐えられない。もしすてきにならないなら、一緒に過ごしたくはない」

「わかった」彼女は小さな声で笑った。「もしかしたら、またここに来て、もっと長く泊まっていくかもしれない。それか、あなたがベルリンに来てもいいかも」彼女はそっと体を離すと、「おやすみ」と言って客間に入っていった。

26

三月にはトロムソからの連絡はなかった。電話をかけて訊くべきかと考えたが、そのままにしておいた。あの金額を提示しても古書店主が手紙を探す気にならなかったとしたら、電話したってその気にはならないだろう。

アーデルハイトとぼくは、メールを書いたり電話したりしていた。彼女は記事の草稿を送ってきたし、ぼくは自分の庭を改修する際の見取り図を送った。彼女はアイクと母親と子どものころの自分、少女時代の写真を送ってきた。ぼくたちは本のこと、音楽のこと、映画のことで情報交換し、彼女は南で、ぼくは北でバカンスを過ごすのが大好きだということや、彼女はまた犬を、ぼくは猫を飼いたいと思っていることなどを伝え合った。

子ども時代、少女時代のアーデルハイトも、ぼくに誰かを思い出させた。姉の一人だろうか？　妻のエミリーだろうか？　子ども時代や少女時代に妻がどんなふうだったかは知らないが、写真で見たことはあった。それとも、一緒に遊んだり、踊ったり、憧れたりした子どもや少女の一人だろうか？　地下室に写真の入った段ボール箱があるので、それを持ってきて比べてみようかとまで思ったが、そこまでしなくてもいいかと思い直した。

四月半ば、トロムソからの手紙が届いた。古書店主はヘルベルト・シュレーダー宛ての三十一通の手紙と、一通の絵はがきを見つけていた。預かり金を差し引いても、まだ七千六百ユーロ払う必要があり、それをロンドンにある銀行の口座に払い込んでくれるのを待っている、とのことだった。金が届いたら、小包を発送する。もし速達にしてほしければ、百二十ユーロ追加で払うように、と書かれていた。

それは、手許にある当座の金を超える金額だった。どうやって調達しようかと考えていたとき、オルガの貯金通帳のことが思い浮かんだ。ぼくはそれを銀行に持っていった。一万二千マルクだった金が、いつのまにか一万六千ユーロをちょっと超えるくらいの額になっていた。払い込んでもまだお釣りが来る額だ。

水曜日の十一時に大きな封筒が速達便で届くまで、それからまだ二週間かかった。封筒のなかにはさらに封筒があり、古書店主からの手紙が入っていた。もっともその手紙には日付も呼びかけも挨拶の言葉もなく、ただ本文の下に彼の署名があるだけだった。


待たせて悪かった。忙しかっただけじゃない。最初のころ、手紙の山を掻き分けながら、一通ずつ手にとっては読まずにいられなかった。やってるうちにすっかり嵌まってしまった。三角関係の話が書かれている手紙を見つけた。兄弟の不和に関するものもあった。すっかりおもしろくなってしまって、もっと読まずにはいられなくなった。ドイツに占領されていたころの手紙も見つけた。そこには卑劣な行為や裏切りのドラマが浮かび上がっていた。ドイツから解放されたあとの時代の手紙では、ドイツ軍の協力者だった書き手が自殺を仄めかしていた。自分は大学で歴史を専攻したので、過去がどんなふうだったのか、ついに手に取れる形でわかってきたと思った。でもそのあと、三十通、四十通と読むうちに、他人の人生にがつがつと首を突っ込む自分に嫌気がさしてきた。歴史ってのは過去がどうだったかってことじゃない。自分たちが過去に与える形が歴史なんだ。あんたが手にする手紙を、もっと楽しく読めるように祈ってるよ。

アクセル・ヘラント

27

封筒の一番上には、オルガがヘルベルトに宛てた手紙の束が載っていた。青い細紐をほどくことなく、ぼくはそれが一九一三年から一五年にかけての二十五通の手紙であることを確認した。年ごとに並べられていて、一番下が一番古い手紙、一番上が一番新しい手紙だ。驚いたことに、オルガからヘルベルトへの手紙が一九三〇年代、五〇年代、七〇年代にも出されているのがわかった。一九一三年八月十日にヘルベルトの父が出した手紙と、一九一四年一月に一人の友人が出した、ウィーンの王宮の写真がついた絵はがきもあった。

やあ、久しぶり、
エルヴィンからきみが雪と氷のなかをさまよっていると聞いたよ。なんてこった！　ぼくはウィーンに転勤になった。舞踏会の季節だから、踊れる人間は誰でも歓迎って訳だ。エスキモーの女性とは別れて、こっちへきてきみのダンスを披露してくれよ！

旧友のモーリッツより

ヘルベルトの父からの手紙は封筒も便箋も重みのある紙で、名前が刻印されていたが、あたかも空しさの象徴のようだった。

息子よ、
お前がここを去ってベルリンに行ってしまってから、母さんは病気になっている。前から胸が弱かったたし、肺炎になるのもこれが初めてではない。でもこれほど熱が高くて呼吸が苦しく、痰や痛みがひどかったことはない。死ぬのではないかと心配だ。母さんのベッドにつきっきりになっている。
母さんが話すのはお前のことばかりだ。戻ってきてくれ。農場と工場を受け継ぎ、結婚して子どもを作ってくれ。若い世代がここに来るのを見せてくれ。理解するのに打撃が必要なこともある。いまわたしたちは、自分たちの考えではなく、お前の気持ちが大切なんだということを理解している。
早く帰ってきてくれ。

父より

手紙は黒いインクで、幅が広く急角度の筆跡で書かれていた。ペン先が引っかかってかすかにインクのシミを残し、署名の際には滑ってバツ印を作っていた。父親はこの手紙をかなり興奮しながら書いたのだろうか？　あるいは大急ぎで？　今すぐ送れば、ヘルベルトが北東島に出発する前に届くかもしれないと期待して？

ヘルベルトの両親については、ちゃんとしたイメージが浮かばなかった。二人がヘルベルトを心にかけていたことを、オルガの話から知ってはいた。彼を心にかけていたのか、それとも家名を受け継ぐ相続人を心にかけていたのか？　二人は同じことを考えていたのか？　父親は「両親より」とは書かず、「父より」としていた——ヘルベルトの結婚について、父親は長いこと母親とは違う考えを持っていて、いまになって彼女に賛同したのだろうか？

もし手紙がヘルベルトに届いていたら、彼とオルガの運命は変わっただろうか？　オルガは、望まれぬ嫁の地位についただろうか？　ヘルベルトや子どもたちと一緒に、義父母の監視の下で生きたいと思っただろうか？　ヘルベルトは夢を諦めて、土地に縛られた農場主と工場主になっただろうか？

あのことがこうなっていたら、どうなっていただろう——そう考えても意味はない。オルガの人生はうまくいったのか、それとも間違いだったのかなんて、そんなことでは決まらない。にもかかわらず、ぼくはそんなことを考え続けていた。

28

オルガの手紙を読むのは急がなかった。手紙にかけた紐はリボン結びになっていたのでほどこうと思ったが、間違って強く結んでしまった。すぐに気づかなかったので、結び目がどんどん固くなってしまった。ナイフもはさみも使わずに、ぼくは結び目をほどいていった。リボンと紐の端をほどき、結び目を完全に解いて、紐を引っぱることができた。長くて細くて青い紐だ。

大きなダイニングテーブルの上に、五通ずつ五列に並べて手紙をおいた。封筒は白く、インクの色は青で、ゾーネケン社の万年筆特有の、上に上がるときは細く、下に行くときは太くなる筆跡だった。切手にはゲルマニアの横顔がカラーで印刷されていて、赤い十ペニヒ切手か、灰色や茶色で二ペニヒや三ペニヒ、五ペニヒの組み合わせだった。封筒の左上には一九一四年七月までは「留め置き」、それ以降は「局留め」と書かれていた。最初の手紙は一九一三年八月二十九日、最後の手紙は一九一五年十二月三十一日だった。一九一三年八月三十一日消印の二番目の手紙の封筒には「最初にこっちを読んで!」と書かれていた。ぼくは六番目の列に、三〇年代から七〇年代までの手紙を並べていった。

キッチンに行き、刃が鋭く尖ったナイフを持ってきた。それなら封筒を傷つけずに開けることができるだろう。最後の手紙から開け始め、封筒の端を切ると手紙を取り出して皺を伸ばした。最初の封筒にたどり着いたときには、書かれた便箋と開かれた封筒がきちんと二つの山になって並んでいた。

一通の手紙には写真が入っていた。オルガは椅子に座り、ほほえんで太腿の上に両手をおいている。彼女の隣にはおそらく十歳くらいの少年が、びっくりして目を見開いて立っていた。オルガが少女時代にヘルベルトたちと庭で写した写真と、難民となって逃げたあとの年配女性としての写真は知っていたけれど、これはぼくが初めて見る若い女性としてのオルガの写真だった。美人というわけではない。顔には愛嬌や人を引きつける色気はなかった。しかし、率直さと明晰さがあり、ヴィクトリアが指摘したとおり、強い頬骨がかすかにスラブ的な特徴を添えていた。この写真でも、オルガは髪を束ねて結い、頭の上でまとめていた。

ぼくはまだ読み始めたくなかった。まるでオルガと待ち合わせていて、もうすぐ来るはずなのにまだ現れない、といった気分だった。そこでぼくは待ちながら、ぼくの知らない少女や若い女性だったオルガのことや、その足元でぼくが遊んだリンケさんのことを考えた。病床に見舞ってくれたリンケさん、両親がぼくを理解してくれなかったときに理解してくれた人、そして晩年にオルガと呼ぶようになってからの邂逅や一緒にしたいろいろなこと、ぼくたちのあいだの親密さについて考えた。彼女の振る舞い、言葉の響き、緑の目の明るいまなざしを思い出した。

もう一度キッチンに行ってお茶を淹れた。魔法瓶にお茶を満たすと、それを持ってダイニングテーブルに行った。午後になっていて、外では日が輝き、鳥が歌っていた。

ぼくは最初の手紙を手に取り、読み始めた。

第三部

一九一三年八月二十九日

どうしてあんな嘘がつけたの？「冬が始まるまでに帰ってくるんだよね？」と尋ねたとき、あなたは「うん」と言ったわよね——あれは、最後に一緒に過ごした夜だった。愛し合って、互いを身近に感じていた——あなたにとって、真実が大切なものでなかったなら、いつそれを大切にできるの？　これまでもいつも嘘をついていたの？　わたしはあなたにとって、適当な話で丸め込めるような子どもなの？　それとも女だから、あなたの偉大な男性的思考にはついていけないというわけ？　わたしをかばおうとしたの？　違う、わたしじゃない、あなたは自分をかばったのよ。もしあなたが本当のことを言ったなら、わたしも本当のことを言ったはず。あなたはカレリアでやり遂げたから、何でもやり遂げられると思ってるの？　カレリアでは運がよかっただけ。これまでいつも、運がよかったのよ。それで頭に血が上って、理性をなくしちゃったのね。

遠征隊の隊員が二人抜けたんでしょ。その人たちにも嘘をついてたのね。アムンゼンみたいになりたいの？　退路が断たれてからようやく、偉大な目標を告げるわけ？　あとはもう、勝利か滅亡しかないってときに？　アムンゼンはスコットよりも先に到達しようとしていた——あなたは誰に勝ちたいわけ？　そもそもあなた以外に、誰が北東島や北東航路や北極に興味を持ってるの？　願わくば人生の花の時期に斃れ——あなたは、遠征は関係ないって言ったわね。それも嘘だった。破滅することで、あなたは英雄になろうとしている。それなら破滅しなさい——いいえ、罪深いことは言いたくない。でも、最北の地で英雄として破滅するんだなんて思わないでね。英雄は何か偉大なもののために死ぬはず。でもあなたの死は何にもならないのよ。勇敢な戦いでもなければ、人類への貢献でもない。ただ凍え死ぬだけ。

どうしてそんなことができるの？　無駄な振る舞いのためにわたしを捨てて、わたしたちの愛や人生まで捨てて？　あなたが市民生活に適応できないことはわかってる。あなたにそれを求めたことはなかった。でもわたしたちは一緒に生きてきた。夫が兵士か研究者か船長で遠くに行かねばならず、妻が家に残らなければならない夫婦のように、中断を挟みながら。それがわたしたちの人生だった。あなたがいないとき、互いに焦がれ合ったとしても、あなたがわたしのところにいるとき、遠くに行きたい衝動に駆られていたとしても——わたしたちは幸せだった。でこぼこの多い幸せだったけれど、本物の幸福だった。それが、あなたが人生の花の時期に斃れようとする行いよりも価値がないとでも言うの？　そもそも、なんて悪趣味な詩なの。人生の花の時期に斃れたいだなんて——誰も、何ものも、あなたを人類のための勇敢な戦いに役立てて、斃れさせたりはしない——人類はそもそも人間とともに始まるのよ。あなたと、わたしから。

これまで何度も、あなたに魔法をかけられてきた。計画を立て、それを話すときの、あなたの輝く目。あなたが出発したときや、戻ってきたときに。あなたは世界や人生に圧倒されている子どものようだった。でも子どもは自分の命をもてあそんだりしない。究極のところまでいくとしても、それ以上はいかない。それが子どもの魔法なの。でもあなたの魔法は——いまになって気づいたけど、あなたの魔法は腐っている。

あなたはわたしに嘘をついた、それも二重に。あなたの目論見を話してくれていたら、あなたと闘って、叫んで、懇願して、泣いたでしょう。やめさせるために、あらゆることをしたでしょう。その上であなたが実行に移したなら、少なくともわたしたちのあいだでは決着がついていたでしょう。もしかしたら、わたしはあなたを理解して、空虚な振る舞いや虚ろな言葉の背後に真実を見出していたかもしれない。

最初、わたしは腹を立てていた。でもいまはただ悲しい。あなたはわたしたちの人生を叩き壊した。なぜそんなことをしたのか——一方の理由は、もう一つの理由と同じくらい悪い。あなたは臆病すぎて真実を認められない。もしくは、あなたはいい加減すぎて真実がわからなかった。あるいは、自分の嘘で相手にどんな仕打ちをすることになるのか、まったく考えなかった。わたしたちのあいだがどうなるか、もうわからない。

一九一三年八月三十一日

ヘルベルト、愛する人、

この手紙を最初に手にしてくれてる？　もう一通の方は読まないで。あなたが冬中氷のなかにとどまると聞いたとき、心配で気が狂いそうになったの。あなたを責めてしまった。あなたが自分の命やわたしたちの幸せを危険にさらしたので、わたしは傷ついたのよ。でもほんとうは、責めたりしたくない。あなたは自分を、隊員を、自分たちの装備を試そうとしている。偉大な行動のために準備しているのね。それとももう、偉大な行動のために出発するの？　あなたを信じたいと思う。あなたと一緒に希望を抱き、あなたのために祈る。あなたが適切な服と食糧を持ち、隊員とよく理解し合い、確信を保ち続けるように期待してる。出発が遅すぎた、と新聞は書いている。もうすぐ冬が来る、と。でもあなたにとっては遅すぎなかった、とわたしは思っている。あなたは冬を避けるんじゃなくて、冬を求めているのね。

わたしはあなたじゃなくて、自分を責めている。知り合って以来、あなたはたくさんのことに挑戦してきた。カレリア以来、あなたは自分には限界はないと思っている。そう信じるあなたは輝いている。そうやって感激し、自分を燃やし尽くし、まず自分の心で難関を突破していけるあなたの能力をわたしは愛している。あなたの輝きも愛している。あなたはそういう人間だし、そんなあなたを愛しながら、同時に理性的でいてくれることを期待してはいけないわね。わたしは理性的な人間。あなたと話し、氷のなかで越冬するのを諦めさせるべきだった。説得できなかったかもしれないけど。でも、もしかしたら説得できたかもしれない。

わたしがこうして書いていることを、あなたはすべてが終わってから読むのでしょう。本当は手紙とともに、あなたについていきたい。船が到着するとき、あなたたちが出発するとき、逗留するとき、いつも一通がそこに来ているようにしたい。あなたがもうじき、この手紙を読むような気がする。そして、わたしが心配しているのであなたも憂慮し、あなたの輝きを愛していると書いたのでほほえみ、氷のなかでの越冬をやめさせたがっているので額に皺を寄せるでしょう。わたしは自分を奮い立たせ、長いこと局留めになる手紙を書くのだと、言い聞かせなければなりません。この手紙を読むとき、あなたはトロムソに戻っています。ちょうどわたしに、もう心配しないように、と電報を打ったばかりかもしれません。もしわかっているなら、明日か明後日にでも、いつ船がハンブルクに着くか電報で知らせてください。わたしは桟橋に立ち、あなたを待っています。あなたがいなくてさみしい。あなたがこの手紙を読むときにも、わたしはさみしがっています。あなたがまた、わたしのところに来てくれるまで。

わたしは自分の思いと愛とともに、あなたについていきます。まだどれくらい船に乗るのか、いつ北東島に着くのか、知りません。でも想像はできます。雪、氷、山、岩、氷河、吹きだまりに積もった雪、塊になってそびえ立つ氷、裂け目だらけの氷河、その上に広がる夜空、その下で太陽は数時間だけ、地平線で弱々しく輝く。そんな想像をすると不安になります。あなたのために祈ります。でも、神さまが祈りを聞いてくれない気がします。あなたと同じくらい神さまも遠くに、どこか北の方に、雪と氷のなかにいる気がします。でもひょっとしたら、あなたがいる場所に神さまがいるのはいいことかもしれません。神さま、わたしの最愛の人を守ってください。

あなたのオルガより

一九一三年九月二十一日

ヘルベルト、目が覚めるといつも一番にあなたのことを、寝る前にはいつも最後にあなたのことを考えています。

今日は日曜日で、礼拝とオルガン演奏は終わりました。学校は休みだから、あなたについて考える代わりに生徒のことを考える必要もありません。晴れて暖かい夏の日が続いていたけれど、今日は空気のなかに秋の気配があります。木々を見上げると、最初の黄葉が見えます。あなたのことを思わずに、天気について考えることができません——神さまがあなたに、恵みに満ちた天候を与えてくださいますように。三週間前に、また学校が始まりました。例年のことですが、一週間目は子どもたちもまだ夏休み気分で、じっと座っていることもできず、休み時間には子犬みたいに走ったり取っ組み合ったりしていました。かなりの数の子どもが、畑の収穫に戻りたがっていました。子どもたちも畑ではよく働いて汗を流していたのです。二週目には彼らは諦めたように、静かで無口になっていました。これも例年通りです。先週、彼らは目を覚まし、それ以来また勉強についてきています。毎年、二週目には子どもたちがずっと静かで無口なままになってしまうのではないかと不安になります。でも毎年、三週目になると救いが訪れるのです。

幸いなことに、枢密院の教育担当官が視察に来たのは三週目でした。厳しそうに見える人で、視察の最後に子どもたちの歌を自ら指揮しようとしましたが、彼が単眼鏡を外して一緒に大声で歌い出すまで、子どもたちは声が出せませんでした。わたしに対しては、彼は親切でした。わたしがグムビンネン県（現ロシア領グセフ。当時は東プロイセン）に転勤になったときには心配してくれたそうです。わたしに関する噂が流れて、学校管理局は噂なんて気にはしないけれど、放置するのも問題なので対策をとらざるを得なかったそうです。それがどんな噂だったにせよ、わたしはいい授業をしたし、わたしがこの県の教員であることを好ましく思うそうです。どんな噂だったんですか、とわたしは尋ねました。忘れましょう、あなたの書類には何も記されていませんし、と彼は言いました。

あのころわかっていたのは、ヴィクトリアが牧師さんにわたしの悪口を吹き込んだことだけです。彼女は友人のお父さんたちに、片っ端から悪口を言いふらしたに違いありません。貴族や軍隊や地方行政局にいて、あの地域を治めていた人たちにです。いまにいたるまで、ヴィクトリアのやり方は理解できません。彼女がどうしてわたしから逃げ隠れしたのかもわかりません。わたしはついに待ち伏せまでしたのですが、彼女は文字通り逃げ出しました。道を下って、学校のそばの生け垣の後ろに隠れたんです。どこにいるかはわかっていたので、彼女に聞こえるように話しました。でも彼女は答えませんでした。生け垣の後ろから出てくることもありませんでした。わたしも、彼女を引きずり出そうとは思いませんでした。でも、ひょっとしたら引きずり出すべきだったのかもしれません。

どうしてなの、ヘルベルト？　わたしが彼女のテーブルから落ちるパン屑を感謝して受け取るような、哀れな孤児ではなくなったから？　高等教育を受けたから？　学校管理局にもそういう人たちはいました。枢密院の教育担当官は違うけれど、ほかの人たちです。高等教育を受けたからって、自分が特別な存在だなんて思うなよ、と警告してくる人たちです。お前はただの教師なんだから、というわけです。あなたの講演のことを思い出しながら、ティルジットの祖国協会が主催した別の講演会で一九一六年のベルリンオリンピックの準備の話を聞いたとき、わたしは質問のために挙手したのに無視されました。立ち上がって話そうとしたら、もう時間はないって言われたんです。選挙権がないだけでは充分ではないというの？　男性教師より給料が少ないだけじゃまだダメだというの？　校長になれないだけじゃまだ足りないと？　冷遇するだけじゃ不満で、侮辱までせずにはいられないの？

これまであなたとこの問題について話したことはありませんでした。ヴィクトリアのことさえ、言いませんでした。わたしはあまりにも誇り高かったんです。それに、あなたが何と言うか不安でした。わたしが師範学校に行って教師になったのを、あなたがそれほど喜んでいなかったことは知っています。でも、わたしは何になればよかったのでしょう？　家政婦や工場労働者になっていたら、その準備段階であなたの配偶者になれたかしら？　あなたが北極についての講演や手紙を書いて、それを読んで聞かせてくれたり、それについて一緒に話したりしたあの秋は、なんてすばらしかったことでしょう！　あなたがテーブルの一方の端に座り、わたしはもう一方の端で編み物や縫い物をしたり、一緒に作ったジャムの瓶にラベルを貼ったりしました――まだ覚えてる？

わたしたちの静かな部屋を懐かしく思ったりはしますか？　寒いところから戻ってきたら、その部屋のなかでくつろいで、もう遠くへ行きたい気持ちに駆り立てられないほど、いい気分になれるかしら？　戻ってきてね、愛しい人、戻ってきてね。

あなたのオルガより

一九一三年十月十九日

ヘルベルト、またあなたのことを考えていました。でも、どうしてそれ以外のことができるでしょう――あなたは午後中わたしのそばにいて、一緒にジャムを作ってくれたんですから。

昨日、メーラウケン（現ロシアの飛地領、カリーニングラード州ザレシエ）行きの列車に乗っていって、植林地でラズベリーを七ポンド摘みました――雨が降り出して、そのまま降り続けなければ、もっとたくさん摘むこともできたと思います。冷たい秋雨が、夜中、そして今日も一日中、納屋の屋根に当たってパラパラ音を立てていました。いまは静かになっています。台所は暑いです。ドアを開けて、新鮮な空気を入れました。

覚えていますか？　わたしが砂糖を冷たい水に入れて、大鍋を弱火にかけて砂糖を溶かし、透明になるまで泡立てたことを？　そこにラズベリーを入れて煮立て、濃いラズベリージュースができるまでかき混ぜたことを？　あなたは目を丸くして見ていましたね。去年のジャムは甘すぎたから、今年は砂糖を少なくしました。七ポンドのラズベリーと八ポンドの砂糖——これで、瓶二十二個分ができました！　瓶と蓋をまたあなたに殺菌してもらえたらよかったんだけど。まだ覚えていますか？　あなたは火のついた硫黄糸を小さなペンチで挟んで、瓶を一つずつひっくり返して硫黄消毒していきました。それからわたしがラズベリーの果汁を瓶のなかに入れて、一匙のフランスブランデーをその上に注いだのよね。それからわたしたちは硫黄消毒した蓋を瓶の上にかぶせて、湿った硫酸紙で覆いました。あなたがいなかったので、わたしは一人ですばやく正確に、機械のように動かなければなりませんでした。何とかやり遂げたけれど、あなたがいなくてさみしかった。以前あなたと一緒にやったことを一人でやるとき、何をしてもさみしいです。一緒にやったことはないけれど、やることができそうなことを一人でするときも、それが何であれさみしく感じます。

離れていていいと思う唯一のことは、どれほどあなたに会いたいのかを手紙に書けることです。一緒にいるときに、あなたがいなくてさみしかったとか、これからあなたがいなくなるとさみしいとか言うと、あなたは額に皺を寄せ、その言葉を聞きたがりませんでした。わたしがあなたを引き留めて、出発させないようにしてると思ったのです。あなたを引き留めたりはしません。出発しなくてはいけないのだと、わたしにはわかっています。ただ、あなたがいなくなるのがさみしいのです。
今日ジャムを作れてよかったと思っています。冬のあいだ、このジャムのおかげで甘いものが食べられるでしょう。そして、最後の瓶のジャムをパンにつけるときには、あなたが戻っていることでしょう。

あなたのオルガより

一九一三年　第一アドヴェント（待降節第一主日）

十一月はひどい月でした。アイクがジフテリアにかかったのですが、当初そのことが医者にもわかりませんでした。最初は倦怠感と喉の痛みから始まって、それからアイクは腹痛を訴えて吐きました。それから軽い発熱があっても、わたしたちはまだ大したことはないと考えていました。寒くて湿った秋の日に、まだ夏が続いているかのように外で遊んではいけないのだ、と思っていました。でもそのあとで熱が上がり、医者が呼ばれました。年寄りの医者で、落ち着いた親切な人です。シュマレニンケンに住んでいて、一帯の村々の患者を診察し、すべての出産に立ち会い、すべての死者の目を閉じてきました。善意の人です。目は悪いし耳も遠いけれど、これまで文句を言う人はいませんでした。彼は鼻も利かないのです。アイクの口から漂う腐ったような甘い匂いに、彼は気づきませんでした。わたしはその匂いに気づいていたのですが、それがジフテリアの兆候だとは、そのときはまだ知りませんでした。

アイクはどんなに苦しんだことでしょう！　彼は激しく咳き込みました。最初は夜のあいだでしたが、そのうち日中も咳き込むようになり、もう唾も飲み込めず、話すことも息をすることも難しいほどでした。火のように熱い体、痛み、窒息するのではないかという不安——子どもがあんな苦しみを受けるべきではありません。わたしが代わってやりたいと思うほどでした。わたしは毎日学校のあとにアイクの家に行き、喉やふくらはぎに湿布をしてやったり、顔を冷やしたり、赤ワインと卵黄を混ぜたものや、オオハンゴンソウやニンニクのお茶をアイクの口に流し込みましたが、何をやっても無駄なように思えて、どうしていいかわかりませんでした。まるで神さまが祈りを聞いてくださらないように思えました。アイクのそばにいる代わりにヘルベルトのそばにいてください、子どもではなく愛する男を守ってください、とわたしが祈ったかのように、神さまは本当に遠くにいるみたいでした。アイクを看護していないとき、わたしは泣いていました。そして、眠ったとしても、すぐに目を覚ましました。

医者が何か見落としたのだと感じて、わたしはティルジットの図書館に行きました。ジフテリアについてのレポートを見つけて、医者にその兆候を指摘しました。彼は気を悪くしたりせず、理解を示してくれました。手遅れになりかかっていました。本当は発病して三日以内に抗毒素を注射すべきだったのです。でも完全に手遅れというわけではなく、抗毒素を打ってもらってからは体調がよくなっていきました。まだ弱々しいし、まだ長いことその状態が続くでしょう。無理をしてはいけませんし、まだ起き上がることもできないんです。でも、どんどん悪くなるのではないかと不安に苛まれるのとは違って、これから治っていく彼を看病できるのは何という幸運でしょう。

きょうは、アイクを一人にできた最初の日です。また学校のことを考え、屋根の修理のことや、冬のための石炭がまだ来ていないことについて考えられるようになりました。あなたのことも考えています。あなたのことは、毎日考えてきました。あなたも一緒に、アイクの看病をしてほしかった。あなたはそんなことは理解しないでしょうし、わたしにもわかっています。わたしの理性は、あなたを責めることはできないと言っています。それでもわたしの心は非難囂々《ごうごう》なんです。

こんな話をしたらあなたがどんなふうにわたしを見つめるか、目に浮かびます。わたしが何を要求しているのかわからなくて不安げに、でも責められるようなことは何もしていないと思っているので気を悪くして、わたしがあなたを愛するほどあなたはわたしのことを愛してないので罪の意識を持って、何もかもまたうまくいくように期待しながら。

あなたは子どもです、ヘルベルト。

あなたのオルガより

一九一三年　第二アドヴェント

親愛なるヘルベルト、

もしあなたが自分の命を賭けるような行動に出なければ、わたしはけっしてこのことをあなたに言わなかったでしょう。でも、あなたがそうしたことで、これまで不可能だったことが可能になり、言えなかったことが言えるようになりました。

アイクはあなたの子どもです。彼を最初に見たとき、あなたはそれに気づくだろうと思っていました。最初に気づかなくても、二度か三度会ううちに気づくだろう、と。自分の血肉を分けた存在に気づくはずだと思っていました。アイクには、あなたと似ているところがたくさんあります。体格もそうですし、断固とした性格も、恐れを知らないところも、悪気のない自己中心主義も。そんな気はないのに、アイクはそれで他の人を傷つけてしまいます――単に、他の人が見えていないだけなんです。何かに魅了されたり、何かがうまくいったりすると、あの子はあなたのように顔を輝かせます。

あなたが南西アフリカに出発して幾週も経たないうちに、わたしは自分が妊娠しているのに気づきました。この状況をどうすればいいかわからなかったけれど、当時のわたしは自分の体が祝福されていると感じました。いまでもそう思っています。アイクはわたしの人生における恩寵です。

　わたしは幸運でした。ザンネは師範学校でできた友人の姉でした。彼女が出産のときに手伝ってくれて、アイクを捨て子として届け出て、引き取ってくれました。役場の人たちは捨て子の世話をしてくれる人がいて喜んでいました。わたしはザンネに対して、できる限りのことをしました。彼女はお金を欲しがる人ではありませんでした。わたしたちは友だちになりました。ザンネはアイクを、自分の子どものようには育てませんでしたが、わたしもそれは望んでいませんでした。彼女はアイクに、捨てられていたあなたを見つけて、気に入ったから家で育てたのよ、と言いました。アイクはザンネが自分を愛してくれていることを知っています。アイクはわたしが彼を愛していることも知っています。ザンネの友だち、一種の叔母として。

　わたしは不安でした。妊娠しているのを見破られるのではないかと心配しました。こっちへ引っ越してくる途中で陣痛が始まるのではないか。ザンネがここに到着する前に産まれてしまうのではないか。出産のときに大声で叫んでしまうのではないか。

　でも、すべてがうまくいきました。わたしは妊娠がばれないような服を自分で縫いましたし、ちょうどいいタイミングで隣の男の子をザンネのところに使いに出しました。そして、出産のときにも叫びませんでした。アイクはわたしがこちらに越してきた翌日、この世に生まれました。

　どうしてあなたに話さなかったかって？　アイクが息子であることにあなたが気づいたら、打ち明けていたでしょう。自分の息子だと思わなくても、わたしの幸福の源だと。でも、あなたはあの子をちゃんと見ませんでした。だからあの子は、わたしだけのものになったんです。あなたが戻ってきたら、わたしが誰なのか知ってほしいと思っています。あなたが知って愛している女、というだけではありません。わたしはアイクの母親なのです。
ときおり夜中に目を覚まし、あなたが戻らないような気がしています。ときには目を覚まし、あなたが戻るとしても自分が生きてはいないような気がします。不安は何という戯れをするのでしょう！　でも、もし本当にわたしが死んだら、ザンネを援助してほしいのです。要求は出さず、期待もせず、一番いいのは、言葉では何も言わないことです。
どんなことがあっても、わたしは
あなたのオルガであり続けます。

一九一三年　クリスマス

すべてが白く染まっています。この前手紙を出したとき、すでにそうなっていましたが、手紙を書いていたときにはそのことに気づきませんでした。それに、あのときにはまだ今日のようにきれいでもありませんでした。
昨日の朝、雪が降り始めて、今朝ようやく止みました。昨日、夕拝の前にもう一度聖歌隊の練習をしようと教会に行ったときはまだ明るかったのですが、あまりにもびっしりと雪が積もっていたので、道を見つけるのに苦労しました。帰るときには暗くなっていて、家の前を通り過ぎてしまったほどです。ここにはそんなにたくさんの家はありませんから、すぐに家を見つけましたが、一瞬のあいだ、わたしは闇と雪と寒さのなかで迷っていました。あなたと同じように。

いまは空は青く、太陽が輝いています。雪はキラキラ光っています。礼拝のあと、わたしはアイクのところに行きましたが、すぐにまた戻らなければなりませんでした。隣人が橇と馬を貸してくれたおかげでアイクのところまで行けたのですが、その隣人自身も午後に橇と馬を使う予定があったのです。もっとアイクのところにいたかったし、できればもっと長く、雪の上で橇を走らせたいと思いました。

いまわたしは机の脇に腰を下ろし、広い野原を眺めています。雪の白が目をくらませます。空では一羽のノスリが円を描いています。ときおり雪のなかにネズミを見つけて急降下しますが、一体どうやって見つけているのか、わたしには謎です。あれは、わたしたちが最後のピクニックのときに見たノスリなのかしら？

あなたはどうしていますか、愛しい人？　船に乗って流氷に囲まれていますか？　小屋にいますか？　スピッツベルゲン諸島には漁師やハンターや研究者が建てた小屋がある、と書いてあるのを読みました。それともイグルーにいますか？　エスキモーが雪と氷で作る、居心地のよいイグルーという名の家のことも読みました。そして、あなたたちもエスキモーと同じようなことができたらと願っています。わたしたちは今年、二人ともクリスマスツリーなしで過ごします。あなたにはツリーはないでしょうし、だからわたしもツリーは作らないことにしたのです。

でもあなたにも光はあるでしょう。ろうそくか、ランプの光が。去年あなたと一緒に買った、太くて赤いろうそくに火を点けました。このろうそくは長持ちしそうです。来年、また一緒に火を点けましょう。

三年前のクリスマス、あなたはわたしに、ぼくと結婚しないか、と尋ねました。しない、と答えたとき、あなたはそれを理解できずにいましたね。結婚したら教師の職を失ってしまう、というだけではありません。仕事がなくなったら、絶えず旅に出てしまうあなたがいないときに、何をすればいいのでしょうか。ご両親があなたと絶縁して相続者から外した場合、あなたがいつの日かわたしのことを悪く思うのではないか、という不安だけではありません。あるいは、あなたの叔母さまからの遺産が尽きたときにどうすればいいのか、という不安だけでもありません。アイクのことがあったのです。わたしたちは、スキャンダルなしには彼の両親として認知されないでしょう。裁判や刑罰が待っていたでしょう。わたしたちは、アイクを養子として引き取ることもできなかったでしょう。よほどの理由がなければ、子どもを里親から引き離すことはないからです。ですから、あなたとわたしだけが夫婦として同居し、わたしたちの子であるアイクは離れて暮らすことになったでしょう。それは間違ったことで、わたしには耐えられません。

それに、まだ問題があります。わたしは子どものころ、どんなに家族に憧れていたことでしょう。自分が愛され、強められ、助けてもらえるような家族に。わたしにはそんな家族はおらず、すべて一人でやらなければなりませんでした。アイクの出産も自分でやり、一人で彼の世話をしました。自分でやりきることができて、誇りに思っています。いまさら、あなたたち男性が望むような共同生活を学ぶことはできないんです。適応したり、従属することはできません。あなたはそれでも大丈夫ですか？　そういう生活を望みますか？

ときどき、わたしは夢想します。あなたが戻ってきて、これまでけっして尋ねなかったそういうことを、すべて訊いてくれるのを。わたしがどういうふうに生きたいのか、やる気のない子どもたちを教える以外のことがしたいのか、したいことがあるとすれば何なのか、世界の何が見たくて、どこに行きたくて、どこで生活したいのか、あなたはどんなふうにわたしをサポートできるのか。プロイセンでさえ、女性が大学に行けるようになっています。もはやチューリヒに行く必要はなく、ベルリンに行けばいいだけなのです。
そんな夢を見ながら、あなたに挨拶を送ります。

あなたのオルガより

一九一四年　元日

愛する人、

大晦日にはザンネの農場に行き、そこに泊まって、今朝早く徒歩で家に戻ってきました。クリスマスから大晦日にかけて、最初は気温が上がって雪も少し解けたのですが、それからまた寒くなり、雪は凍結しました。今朝は、氷の結晶が日光に当たって、これまでに見たことがないほど明るくきれいに光っていました。あなたも一緒にそれを見られたらよかったのに！

　昨日の晩は、アイクも病気になる前と同じように元気で、朗らかになっていました。ザンネの年長の子どもたちは真夜中まで起きていてもいいことになっていましたが、アイクは他の小さい子どもたちと一緒に、鉛占いをしたあとはベッドに入らなければならず、ひどく不満そうでした。でも、ベッドに入るやいなや、アイクは寝てしまいました。まだ大事をとる必要があるのかどうか、医者に訊いてみようと思います。大事をとらなければいけないのなら、そうするでしょう。アイクを静かにさせるのは簡単なことではありませんけどね。

　わたしは新年の計画をいろいろ立てました。ピアノを買って、ベートーベンのソナタを全部おさらいしたいと思います。アイクのところにもっと簡単に早く行けるように、そしてティルジットでコンサートや講演会に行けるように、自転車も手に入れたいと思います。自転車があれば、イベントのあとでもう列車がなくても家に帰れますから。どちらも中古品で構わないのですが、それでもお金が必要です。ザンネとわたしはジャムを作って、ザンネがそれをティルジットの市場で売る予定です。わたしはニワトリを飼い、ヤギも一匹飼いたいと思っています。これまでヤギの乳と聞くだけでぞっとしていたのですが、なぜかはわかりません。最近になって初めてヤギの乳を飲んでみたら、おいしかったんです。わたしは今年、ダンテの『神曲』も読むつもりです。

　あなたとたくさん話がしたいです。ひょっとしたらわたしが間違っているのかもしれません。ひょっとしたら弁護士が、アイクをわたしたちの子どもとして認知して引き取る方法を教えてくれるかもしれません。そして、あらゆる不備にもかかわらず、刑務所に入る必要はないのかもしれません。ひょっとしたらわたしたちは結婚できるかもしれません。もし教師の職を失ったら、あなたの遠征の本を書くことができるかもしれません。あなたはただ、遠征の話をしてくれるだけでいいのです。その本が成功すれば、叔母さんの遺産がなくなっても生活できます。あるいは、ご両親が認めて下さるかもしれません。だって、あなたに継がせないなら、農場があっても役には立たないでしょう？

ああ、ヘルベルト、昨日は古い年の終わりに元気で朗らかなアイクがいました。そして今日は、新しい年の始まりに輝く朝がありました——わたしは希望に満ちています。ひょっとしたら一九一四年はわたしたちの年になるかもしれません！

あなたのオルガより

一九一四年一月二日

今日、「ティルジット新聞」が、あなたたちの船が流氷に閉じ込められたと報じていました。船はあなたと三人の隊員を降ろしたけれど、約束の場所に迎えに行くことができなかったのです。船長は船を離れ、さんざん苦労した後に集落に辿り着きました。

愛する人、あなたはどこにいるのですか？　小屋で越冬しているのですか？　それとも船に戻って、そこで越冬するのですか？　それともあなたも、集落に向けて移動しているのですか？　数日中には、今日船長について書かれたような記事を、新聞で読むことになるのでしょうか？　船長は疲労困憊して、半ば凍傷にもかかっていたようです――まず爪先が凍傷にかかるということを、わたしは読みました。でも爪先がなくても歩いたり走ったり踊ったりすることはできます。もしあなたが前より走れなくなって、わたしのところにいる時間が長くなるとしても、それは悪いことじゃありません。そして、あなたがどれくらい疲労困憊していたとしても――わたしはあなたを元気にしてみせます。わたしたちはあまり一緒に踊ったことがありません――踊ったのはただ一回、ニッデンでお祭りがあったときだけでしたね。あなたは最初嫌がっていたけど、結局はとても陽気にわたしと踊りました。あんなに陽気なことはなかったくらいです。あれは南の民族舞踊でした――わたしはあなたと、ワルツを踊りたいと思います。いまはワルツは踊れないし、あなたもたぶん踊れないでしょうから、ダンススクールに行って先生に習いたいと思います。

あなたといろいろなことがしたいんです。踊ること、スケート、橇、キノコ採り、コケモモ探し。あなたに本を読んであげて、あなたにも読んでもらいたい。あなたと眠りにつき、一緒に目覚めたい。旅行がしたい。列車、馬車、ホテル。お金持ちみたいに。あなたと北極には行きたくない。でも、いまあなたのそばにいられたらと思います。船の上や小屋のなかやテントのなか、洞窟のなかがどんなに寒いとしても。わたしたちは互いに温めあえるでしょう。

あなたのオルガより

一九一四年二月十七日

最愛の人へ、

昨日、ドイツの救援隊があなたたちを探すために出発しました。一月に船長が集落に到着した直後、ノルウェーの救援隊が出発したのですが、悪天候のために目的を果たさないまま、戻らなくてはなりませんでした。ドイツの救援隊は信頼できます。でも、あなただって常に信頼できる人でしたし、ノルウェー人は北極周辺のことは一番よく知っているはずです。わたしはあまりにも心配で、よく眠れなくなります。

おまけにあなたのお父さまがここに来られたので、ますます心配になりました。ええ、読んでの通りです。あなたのお父さまがここに来られたのです。今日、学校でわたしを待っておられました。最後にお会いしてからずいぶん経っていたけれど、すぐにあなたのお父さまだとわかりました。年をとって、杖を突いておられました。白髪で、顔にはシミがたくさんありました。でも毛皮のコートに編み上げブーツを履いて、汚い雪のなかでもまっすぐに立って、学校の前におられたんです。見たところ辛そうではありましたが、背中をまっすぐにして歩いていました。声にも張りがあって、杖には銀の握りがついていました。

お父さまが知りたがったのは、あなたの計画についてわたしが何を知っているかということでした。お母さまとお父さまはわたしと同じように、あなたが冬までに戻ると思っていたんです。そしていま、あなたが実は嘘を言っていたのか、最初から北東島で越冬するつもりだったのか、それともそもそも北東航路や北極点など、ご両親の知らない別のゴールを目指していたのかと、自問しておられました。お父さまは三月に出発する予定の次の救援隊に、もし天候がよくて成功が見込まれるなら、お金を出すつもりです。救援隊はどこを探すべきだろうか、とおっしゃるのでした。

わたしたちは泥だらけの道を通り、学校の敷地を回ってわたしの住宅へ向かう道を歩きました。ほんの数メートルの距離なのに、お父さまの自動車がわたしたちのあとについてきました。わたしの住居で、お父さまはみっともない貧しさでも期待するかのようにきょろきょろ見回していましたが、とても感じのいい住居であることに驚いておられるようでした。コートは脱ぎませんでしたが、椅子には腰を下ろされました。わたしはお茶を淹れ、少しだけ、知っていることを話しました。お父さまは耳を傾け、最後には座ったままで、何も言わずにただ二、三回、うなずいておられました。

それから席を立たれました。お父さまはこれまで、お母さまや特にヴィクトリアがそうだったように、わたしに対して軽蔑的な態度をとられることはありませんでした。ただ、距離をおいておられました。自分に対して礼儀と尊敬を求めるのと同じように、わたしに対しても礼儀正しく敬意を込めて振る舞われました。ときおり、わたしたちの付き合いが親密すぎると思ったときには拒絶するような態度を見せましたが、それでも礼儀は保っておられました。農場主と小市民、それとも自分をどう呼ぶべきかわかりませんが、この格差がありながら、これより上品に振る舞うことはできないくらいでした。

お父さまはわたしの前に立ち、顔を上げました。すると、泣いていらっしゃるのがわかりました。頬の上を涙がこぼれ落ちました。お父さまは両目を閉じ、唇を嚙みしめました。肩が震えていました。「残念です」と、お父さまはくりかえしおっしゃいました。「残念です」

わたしは歩み寄り、生徒にやるように、大きな男の子たちにもするように、抱擁しようとしましたが、お父さまは首を横に振って出ていきました。わたしも角までお送りして、お父さまが車に乗り込み、その車が出発するのを見ていました。

「残念です」――この言葉が耳のなかで恐ろしく反響しています。まるでお父さまがあなたの死について語ったように。喪に服している人が、もう一人の喪に服している人に言うように。でも、そんな意味のはずはなかったと思います。お父さまはあなたの救出を信じておられ、遠征隊におお金を出そうとしているのです。でも、喪に服すのでなければ、何だったというのでしょう？　何が残念なんでしょう？　そして、なぜここに来られたんでしょう？　もし手紙で何か尋ねられたら、わたしも知っていることを手紙に書いただろうと思います。

そんなわけで、わたしは混乱しています。そして、混乱が心配を大きくするのです。もしあなたが最寄りの集落に向かっているのなら、やり遂げて下さい。もし小屋にとどまらざるを得ないのなら、また出発できるまで、もしくは救援隊が来るまで、耐え抜いて下さい。

わたしはあなたを愛し続けます。

あなたのオルガより

一九一四年三月八日

春になりました！　わたしはザンネのところに泊まって、朝とても早い時間に野原を歩いてきました。茂みや木々をすぐ近くから眺めると、緑のつぼみはほとんど見えません。でも太陽が昇って空が輝き、鳥たちが騒ぎ始めると、灰茶色の森の上を緑の息吹が覆いました。教会の入り口の脇にあるレンギョウも、黄色いつぼみをつけています。

春がわたしに勇気をくれます。冬のあいだは、あなたも冬に閉ざされていると思っていました。いまでは、あなたがいるところにも春が来て、雪や氷が解け、岩が現れ、小川が流れているに違いないという気持ちになっています。氷の砂漠に何が育つと思うか、あなたがわたしに尋ねたことを覚えていますか？　氷の砂漠には何も育たない、でも北東島にはツンドラがあって、春にはあちこちが緑になり、ひょっとしたら一つか二つ、小さな花も咲くかもしれない。あなたたちがいる場所では、春も遅いということはわかっています。でも春が来て最初の花を見たら——わたしのことを考えますか？　ええ、あなたは考えてくれる、わたしにはわかっています。

憧れとは何でしょう？　ときおり、あなたへの憧れはまるで物質のようです。見過ごすこともできず、場所を移動させることもできず、行く手をふさいでいます。それでも部屋の一部であり、わたしはもう憧れが邪魔をすることに慣れました。ただ憧れは、何かの打撃のように突然襲いかかってくるので、声をあげて叫びたくなってしまうのです。

あなたを急かしたくはありません。そんなことできませんし。あなたは帰るときに帰ってくる。でも、そうしたらもう二度と行かせません。

あなたのオルガより

一九一四年三月十五日

わたしの夫へ

だってあなたは、そうなんですから。国家や教会がそれを認めようと、認めまいと。あなたはわたしの子どもの父親で、わたしの夫です。

わたしはアイクとティルジットに行ってきました。ヴィルヘルム・ナーゲルホルトの写真スタジオのそばを通りかかったとき、わたしはもう我慢できませんでした。なかに入り、アイクと一緒に写真を撮ってもらいました。これがその写真です。背景の前に立って撮影してもらうことも可能でした。砂丘の風景がついたスクリーンがありました。オークの森の背景もあり、中世風の廃墟の背景もありました。でもわたしは、そんな背景はほしくありませんでした。わたしたち二人だけが写っていればよかったんです。わたしは椅子に座り、アイクがその横に立ちました。アイクにとっては、すべてがちょっと不気味だったようです。スクリーンや小道具、そのなかにはライオンの頭がついた毛皮もありました。小さな大砲や、本物の馬の毛皮がついた揺らし木馬や、革の馬具もあったんです。細い三脚の上に載った、巨大な写真機。黒い布の背後に立つヴィルヘルム・ナーゲルホルト。そしてマグネシウムの光！　わたしたちはあらかじめアイクに言い聞かせ、まぶしいからねと言っておいたのですが、それでもアイクはびっくりして縮み上がり、体を強張らせて立っていました。その前にはわたしにもたれかかっていて、それが嬉しかったんですけれど。

でもアイクはいずれにしても、もうそんなにもたれたりくっついたりしてきません。ちゃんとした男の子になろうとしているからです。アイクを見るとあなたを思い出します。彼の目はあなたと同じくらい青く澄んでいます。背はあなたより高くなるでしょうが、同じくらいがっしりと力強くなることでしょう。彼は走りません。でも彼も、いまいる場所とは違うところに行きたがっています。ただそれがどこなのか、アイクにはわからないのです。

他の人たちは、アイクを見てあなたを連想するでしょうか？　わたしは連想します。それがわたしを幸せにします。悲しくもします。あなたがここにいて、わたしがこう言うことができればいいのに。「見て、アイクが反抗的に足を踏みならしているわよ。あなたみたいにね」あなたは笑って、「きみの反抗心は顎のなかにある。アイクはきみと同じ顎をしているよ」と言うでしょう。わたしたちは、どちらが反抗的かで言い合いをするでしょう。アイクは、わたしたちがふざけていることに気づかないで、心配そうにそばに寄ってきて、仲直りさせようとするでしょう。わたしたちは抱擁しあうでしょう。三人とも。

また、遠征隊が北東島に向かいました。ツェッペリン伯爵がお金を出したのです。これだけたくさんの遠征隊が出かけることに励まされるべきでしょうか？　わたしはむしろ不安になっています。

わたしはあなたのものです。あなたがわたしのものであるように。

オルガより

一九一四年四月五日

ヘルベルト、最愛の人、

今日は「棕櫚の主日」（復活祭直前の日曜日）です。わたしたちはコラール・モテットの「天の王よ、よくぞ来ませり」を歌いましたが、ほんとは大きな合唱隊とオーケストラがほしかったです。ともあれ、わたしの聖歌隊も声は力強いですし、オルガンがオーケストラの代わりを果たしました。わたしは指揮をし、オルガンを演奏して歌いました。いつもは何も言わない牧師も、今日はほめてくれました。

寒くなりました。新聞によれば、一八四八年に天候の記録をとるようになって以来、四月がこれほど寒かったことはないそうです。花をつけた木はダメになってしまいました。貧しい家族は、どこから石炭のお金を工面すればいいのかわからずにいます。わたしには暖かいストーブと熱いお茶がありますが、自分が恵まれているので良心の呵責を覚えています。こんな異常気象からあなたが守られていればいいのですが。

たったいま立ち上がって戸棚のところに行ったのですが、砂糖や蜂蜜の買い置きの後ろに、あなたの手記があるのを見つけました。まるであなたがわたしから隠そうとしたみたいです。それとも、わたしにとって邪魔でない場所を見つけようとしたのかしら？　あなたの手記が邪魔になることなんてないのに！

いいえ、それは本当ではありません。わたしはあなたの手記を読んで、腹を立てました。遠方の魔法だとか、砂漠の広さ、北極、どこか、もしくはどこでもない場所へのあなたの憧れ、植民地に関する空想――なんて空疎なんでしょう！　そんな夢想をしているのがあなた一人でないことはわかっています。海洋やアフリカやアジアにおけるドイツの未来について、新聞で記事を目にしない週はありません。植民地の価値について、ドイツ艦隊や軍隊の強さについて、ドイツの偉大さについて。まるでわたしたちが育ってしまって、もっと大きい洋服を必要とするかのように、この国も小さくなってしまったと言わんばかりです。

あなたは長いあいだ、他の人よりは立派な夢を見ていました。あなたは空っぽの土地を愛していました。空っぽの砂漠、そして——当時はまだ知らなかったけれど引きつけられていました——空っぽの北極に。後になると、砂漠の農園や工場、鉱山、それから北東航路について話しました——あなたは空っぽの土地への愛を、そうしたものでくるんだのです。政治家や新聞社が、空っぽの土地への愛を経済や軍隊の目標でくるむように。ドイツの偉大さが子ども騙しに過ぎないのと同じです。それは膨らまされたほら話に過ぎないのですから。目標は重要ではありません。それは、ときおり、もうすぐ戦争が始まるだろうという話を目にしたり耳にしたりします。戦争が始まれば、植民地はなくなるでしょう。何も、誰も、必要のない大きな服をドイツに着せかけてはくれないでしょう。

フランス人、イギリス人、ロシア人は早くから自分の祖国というものを持っていました。でもドイツ人は、長いあいだ空想のなかにだけ、祖国を持っていたのです。地上にではなく天に——ハイネがそれについて書いています。地上では、ドイツ人は分割され、引き裂かれていました。ついにビスマルクがドイツ人に祖国を与えたときには、彼らは夢想することに慣れっこになっていました。もう夢想がやめられなくなっていたんです。彼らは夢想を続け、いまはちょうどドイツの偉大さについて、海洋や遠い大陸での勝利について、経済や軍事における奇跡について、夢想しています。夢想は虚無に変わりますが、虚無というのもあなたたちが愛し求めるものなのです。あなたは偉大なものへの献身について書いていますが、それはただ空虚さのなか、無のなかへ、力を発散することでしかないのです。あなたが力を流し込もうとする無は、わたしを不安にさせます。無は、あなたに不幸が起こったのではないかという不安よりも大きいのです。わたしは当時、あなたが書いたものを真剣に捉えていませんでした。わたしにとって異質なものでしたが、あなたが近くにいてくれたから気にならなかったんです。いま、あなたは遠く隔たったところにいます。あなたの手記を読むと、あなたが知らない人に思えてきます。そしてわたしは、あなたが当時からすでに知らない人だったことに気づいたのです。

絶望しつつ、あなたをしっかりと心に留めます。

あなたのオルガより

一九一四年四月六日

最愛の人、

わたしが昨日書いたことはすべて真実でした、でも……。

あなたの輝く顔を愛しています。あなたの決断力、粘り強さ。もし不運に見舞われたとしても、あなたはそれを振り払います——まるで、水から上がって体を震わせ、水滴を飛ばす犬のように。わたしが悲しんでいたとき、あなたはわたしを慰めることができなくて、途方に暮れた子どものように、悲しむわたしの傍らに立っていました。でもあなたはしばらくすると、何かとんでもないことやバカげたことをすれば、わたしを悲しみから引き離せると思いついたのです。まだ子どもだったころ——覚えていますか、祖母が本を隠してしまったときのわたしの絶望を？　あなたは祖母のところに強盗として現れ、本を取り返すために、黒い靴クリームで髪を染め、口ひげを描きましたよね？　わたしたちがメーメル川の畔に腰を下ろしていて、わたしがお気に入りの生徒をティルジットのギムナジウムに行かせてやることができずに悲しんでいたとき、あなたはポプラの木に登り始めました。それも目が回るほど高いところまでです。そうやって、本当に高く登りたいと思う者は高く登れるのだ、ということをわたしに示そうとしたんです。あなたには極端な空想力と極端な憧れがあります。別の時代に生まれていれば、もっとすごい目標が立てられたことでしょう。

いまだってそんな目標が見つかるかもしれません。

そうした極端さのほかに、あなたには別の面もあって、わたしはそちらも同じくらい愛しています。そちらの方をもっと愛しているかもしれません。それは、人や物へのあなたの愛着です。あなたに尋ねる必要はありませんでしたし、あなたも請け合う必要はありませんでしたが、わたしにはわかっています。あなたは決して、他の女性と寝たことはありませんでした。他の将校のようにベルリンの売春宿にも行かなかったし、旅行中もそうでした。長かったり短かったりする別離のあとでまたわたしのもとへ来ると、あなたはいつも尋ねました。わたしがまだあなたのことを思っているか、愛しているか、欲しているか。あなたがわたしの愛を失うようなことを何かしたからではなく、わたしの愛はあなたにとって、ほとんど信じられないような一つの奇跡だからでした。別れを告げるとき、あなたはいつも、「ぼくを忘れないで」と言いました。まるで、わたしにあなたを忘れることができるとでもいうように。わたしは長いこと、あなたの心のなかにわたしが占めているのと同じ定位置を、あなたもわたしの心のなかに持ちたがっていることが理解できませんでした。あなたは認めないけど、いつもほんの少し不安がっています。でもあなたは不安げな恋人ではなく、情熱的な恋人で、慎重で、優しい人です。あなたはわたしと同じように、自分が人生から求めるものをはっきりさせました。でも、愛のための場所はわたしたちが一緒に創りあげたものです。そこにはあなただけの場所、わたしだけの場所はないのです。そこではわたしがあなたに依存するように、あなたもわたしに依存しています。ああ、最愛の人。あなたがそばにいるとき、わたしはあなたのさまざまな側面を軽やかに受けとめることができます。あなたが「ドイツ人の歌」を歌うときに、わたしの横で立ち上がるとしても。あなたにとってドイツが最優先だとしても。その次にようやくドイツの女性やドイツ人の忠誠に対する感動がやってきて、あなたがわたしにほほえみかけ、わたしの手を取るとしても。

あなたのオルガより

一九一四年四月十一日

ヘルベルト、愛する人、

新聞はまたあなたたちのことで持ちきりです。ほんの数日前、あなたの遠征隊に参加した四人のノルウェー人が、昨年末に船長も到達したあの集落に現れたのです。彼らは、あなたの消息は知りませんでした。この四人は流氷に閉じ込められた船のなかで越冬し、春になってからそこを離れたのです。

いずれにせよ、彼らは冬を生き延びました。そして新聞には、船で越冬できたのなら、小屋や、いい場所に張られた安全なテントでも、越冬は可能ではないかと書かれています。ひょっとしたらあなたも隊員たちと、その間に船に戻っているかもしれません。次の数か月のあいだに、あなたたちが同じように集落に現れるという希望が持てます。あるいは、移動中の救援隊のどれかが、あなたたちを見つけるかもしれません。

あなたがティルジットの帝国地理歴史協会で、北極におけるドイツの使命について講演してから、今度の五月十二日で四年になります。協会では、この日にあなたの講演を思い起こすためのイベントを計画しています。あなたに敬意を示すだけでなく、あなたを出迎えることができればと、彼らは期待しています。あなたが救出される見込みが出てきたのですから。

いいえ、またもや広大さへのあなたの憧れについて話し始めるつもりはありません。でも、ある考えが頭を離れないんです。わたしはほとんどティルジットから出ることがありません。師範学校を卒業して何周年かの記念日にポーゼンまで旅をしましたが、それがここ何年ものあいだで一番遠くまで行った旅行でした。あなたに記念日のことは話しませんでしたね。あなたは興味ないでしょうし、いまも話す気はありません。学期休みの最初のころだったので、わたしはパーティーのあと、さらに一日ポーゼンに滞在することができました。夕方、一人で自分の好きなポーゼンの町を歩きました。鐘が鳴り、家々のなかに明かりが灯り、窓からその光が漏れているとき、わたしは自分が住んでいるみすぼらしい村と、学校の裏の質素な自分の家が懐かしくなりました。滑稽に聞こえるだろうということはわかっています。でも、聞いてください。みすぼらしい村の、質素な自分の家にいるときに、自分が満足しているわけではないのです。しばしば、出かけたいと願っています。世界のなかに出ていって、パリやローマやロンドンを見たい、アルプスや海を見たいと思います。遠くへ行きたいのです。でも、遠くへ行きたい気持ちは家に帰りたい気持ちと変わらないのです。お腹がきゅっと引きつる感じ、胸がきゅんとなり、涙が込み上げて喉が詰まります。泣くわけにはいきませんが、自由に呼吸することもできません。

広い場所、何もない場所に対するあなたの憧れには、最終的にどこかに到着することへの憧れの気持ちが潜んでいるのではないでしょうか。ドイツ人が空っぽの場所に憧れつつ、居心地のよさも求めるように。これまで、あなたの考えや気持ちをわたしに打ち明けてくれと迫ったことはありません。でもあなたが戻ってきたら、自分のなかで起こっていることをうまく説明できないなんて言い訳をしないで、考えや気持ちを語ってほしいのです。

早く戻ってきてください！

あなたのオルガより

一九一四年五月十三日

最愛の人、

わたしがこの前あなたに手紙を書いてから、一か月が過ぎました。わたしは信念をなくしました。長いあいだ、手紙を書けばあなたをこの世に保ち、守ることができるような気がしていたんです。でもこの二、三週間、もうそれを信じることができませんでした。机に向かってあなたに手紙を書いても、手紙のなかには勇気も力も流れ込まず、ただインクだけが染み込むのでした。

今日はまた調子がよくなっています。昨日、ティルジットではあなたに敬意を払う催しが開かれました。そして最近、また新たな遠征隊があなたの救助に向かいました。催しでのスピーチや新聞に載った報告は、楽観的なものでした。報告は、北極へのあなたの出発が遅れたことについては批判を隠しませんでしたが、あなたの意志と行動力を評価し、ある研究者の言葉を引用していました。その研究者の意見では、遠征の成功は五パーセントは装備に、五パーセントは時期によるけれども、あとの九十パーセントは隊長の力にかかっているというのです。わたしには想像できないことですし、その研究者の名前も聞いたことがありませんでした。でも、あなたが隊長として抜かりのない人だということはわかっています。

催しの最後には四年前と同じように、「世界に冠たるドイツ」が歌われました。まるでドイツがあなたをわたしに戻してくれるとでもいうように。ひょっとしたら数人の勇敢で有能なノルウェー人があなたを救ってくれるかもしれませんが。すべてがうるさすぎました。わたしはあなたのことを考え、心のなかではあなたの周りはまったく静かでした。雪が静かに降り、あらゆるものの上に白い布を広げていました。静けさと布はわたしを不安にしました。

催しの前日、学校関係者はティルジットでの教員集会に招待されました。そこでもあなたのことが話題になっていました。あなたは褒め称えられたり、けなされたり、あらゆることを言われていました。わたしはあなたを弁護しましたが、それがわたしの気分をよくしました。九月にわたしの学校を視察した枢密院の教育担当官が歩み寄ってきました。わたしの腕を取り、まるであなたとわたしの関係を知っていて自分の同情を示そうとするかのごとく、父親のように親切にしてくれました。彼が知っているということはあり得ますか?

それは、わたしが経験した最初の教員集会でした。子どもを学校に行かせる代わりに農作業を手伝わせたいという親の願いに対して、教師たちが非常に異なった対応をしていることを知りました。わたしはそうした願いをいつもはねつけてきました。ところが、これからはもっと寛容にその願いを認めてやってほしい、と促されました。わたしの隣に座っていた若い男の先生が、

「なるほど、そういうことか」と言いました。わたしたちはその前にいろいろ話をして、気が合っていたんです。わたしは、「なるほどって、どういうことですか」と尋ねました。「戦争ですよ」と彼は言いました。お父さんがいなくなっても農作業が続けられるように、子どもたちに準備させろということですよ。

たくさんの若い同僚たちと知り合いになりました。思った以上にたくさんの同僚がいました。わたしたちは仕事以外の時間にも集まりたいと思っています。小学校教師連盟の仕事にももっと関わるつもりです。自分の生活範囲を村のなかだけに留めたくはありません。

ずっと貯金してきたので、もうすぐ中古の自転車か中古のピアノを買うお金ができるはずです。どちらかに決めなくてはなりません。たぶん自転車になるでしょう。村から出かけたいし、ピアノはなくてもオルガンがありますから。

最近のわたしの生活はそんな感じです。あなたのことを考えています。あなたのことを考えずに五分も過ごすことはありません。寝る前にあなたを思わない日はありませんし、目覚めてすぐにあなたを思わない朝もありません。わたしの考えがあなたを支え続けられますように！

あなたのオルガより

一九一四年六月十六日

ああ、ヘルベルト、わたしの最愛の人、

五月はいい月ではありませんでした。五月に、ドイツとノルウェーの混成部隊があなたたちの船に到達し、船上でがんばっていた二人のドイツ人を救出しました。あなたと、あなたに随行した隊員たちは、船にはいませんでした。二人のドイツ人も、あなたたちのことは何も知りませんでした。別の救援隊はまだ途上にあります。彼らはあなたたちを北東島の東海岸で探しています。新聞には、むしろ西海岸であなたたちを探すべきだという意見が載っていました。新聞にはさらに、あなたたちはその間に集落に着いていなければならないはずだ、と書かれていました。負傷、あるいは凍傷によって、一つのグループが足止めされることはあり得ます。しかし、そのうちの一人がまだ歩けるならば、彼は出発するでしょう。もし誰もそういう状況になくて、あなたたちが小屋かテントにじっとしているなら、あなたたちを捜索するのは干し草の山のなかに待ち針を探すようなものでしょう。グリーンランドで二冬を生き延びたデンマーク人の遠征隊のことも書かれていました。しかし新聞の話では、エスキモーがデンマーク人を助けたとのことです。そして、北東島にはエスキモーもラップ人もいません。

あなたへの手紙のなかでわたしの生活について書いたときには、まるであなたがわたしを観察し、わたしについてきてくれるような気がしていました。遠くから。でも、その遠さをわたしは感じていませんでした。いま、それを感じています。こうして書いている手紙は、あなたに届くのでしょうか？　あなたやあなたの船、隊員たちや救援隊について書いているとき、わたしは最もあなたの近くにいると感じます。自分の日常生活について書いても、その文章はわたしたちのあいだに開いた裂け目のなかに落ちていくだけです。

裂け目は嫌いです。あなたがそばにいることを願います。アイクは遠征隊に興味を持っています。ザンネの家には新聞がないので、わたしのところでそれを読み、あなたについての記事を読んで、エスキモーやラップ人についてわたしに質問しました。わたしは教員集会で知り合った一人の男性教員、そして七人の女性教員と集まりました。他の男性の同僚たちは女性がいない方がいいと言い、他の女性の同僚たちは集まることが学校管理局の不興を買うのではないかと恐れて、参加しませんでした。わたしたちは自分の話はしないと決めていて、いつも授業や子どもたちのことを話すことにし、そして特に今回は、子どもをギムナジウムや女子高等学校に行かせるために両親や牧師をどうやって説得したか、という話をしました。わたしには近年、このケースにおいて他の人たちよりも成功例が多くありました。集まりの最後に、わたしたちはやっぱり自分の話をしました。女性の一人は結婚したがっていました。でも、彼女の婚約者の稼ぎは充分ではありません。二人で働けば充分なのですが、結婚すると学校から離れなければなりません。男性の同僚は、自転車を遺品としてもらったけど乗らない、と言いました。女性用だからです。彼は、わたしにそれをお得な値段で売ってくれるそうです。ザンネとわたしはジャムを煮たので、大晦日に計画したように、今度の日曜日にティルジットの市場で売るつもりです。ザンネの夫はわたしのために鶏小屋を作ってくれました。来週ひよこをもらいます。すぐに鶏になるでしょう。これもわたしが予定していたことです。

四年前、あなたの講演のあとでナイチンゲールの歌声を聞いたことを覚えていますか？　今年の夏は、毎晩ナイチンゲールの声が聞こえます。ナイチンゲールの短く区切る声やトリルも好きですが、大好きなのは長く引き延ばす声です。その声は胸に突き刺さります。夏は暑く、わたしはあなたとメーメル川の畔や海辺に横になりたいと思います。そうやって昼に別れを告げ、夜を迎え、空を見上げるのです。最初はまだ明るかった空が暗くなり、わたしたちの目は次々に星を見つけ、空の深みに吸い込まれていきます。ナイチンゲールが愛と死を歌います。わたしたちの愛と、わたしたちの死について。

何がそんなにもあなたを北極に引きつけるのか、というわたしの質問に、あのときのあなたは答えてくれませんでしたね。いまは答えがありますか？　北極に行くか戦争に行くかだ、とあなたは言いました。もうすぐ戦争が始まると言っている友人たちがいる、とも。老ミーネもそう言っています。四人の騎馬兵を見たのだそうです。

よく、わたしにはもう我慢できない気がします。すべてが過剰なのです。愛も不安も、希望も絶望も、親近感もよそよそしさも。ときおり、あなたに対して猛烈に腹が立ちます。その怒りがわたしを引き裂きそうになるのですが、そのあとすぐ良心の呵責に苛まれます。来てちょうだい、とくりかえしあなたに呼びかけています。来てちょうだい。でもあなたは聞いてくれません。聞いて、そして来て！

あなたのオルガより

一九一四年七月一日

親愛なるわたしのヘルベルト、

六月も悪い月でした。あなたを探しに行った最後の遠征隊が戻ってきました。彼らは何の痕跡も見つけられませんでした。探検隊が通常残していく石の山のなかにもメッセージはなく、テントも残されておらず、放棄された装備もありませんでした。あなたたちの船はまたスピッツベルゲン諸島に戻っています。氷が解けて船が自由になり、遠征隊の人々がそれを回収したのです。

これ以後は救援隊も派遣されない予定です。六月二十八日に、一人のセルビア人がサラエボで、オーストリア皇太子のフランツ・フェルディナントとその妃を殺害しました。オーストリアがセルビアに宣戦布告するだろうと、大勢の人が話しています。ロシアがセルビアの側につくだろうと恐れている人も大勢います。何が起こるにせよ——北極への遠征隊にお金や人を出してくれるスポンサーは、もはやいないでしょう。

救援隊が戻ってきたとき、新聞はあなたと随行した隊員たちの生存に関する見通しを載せました。あなたたちが持っていた食糧や、以前の遠征隊や漁師、ハンターたちがあちこちの小屋に残していった食糧を合わせれば、それで長期間、命をつなぐことはできるそうです。でもあなたたち四人が負傷していて、夏のあいだに回復し、それから現れるという見通しは——ほとんどあり得ないそうです。信仰や希望を捨てるべきではない、と書かれていました。人間は、ときには自分の実力以上のことをやってのけ、驚嘆すべき力を発揮したりするものだから、と。しかし、あなたたちのように戻ってこなかった人、もはや戻ってこないであろう人のことよりも、いまここにいる人たちのことを愛をもって考えるべきだ、というのでした。

いいえ、わたしは信仰と希望を捨てはしません。そして、あなたのことだけを愛をもって考えます。そう、あなたはここ何か月か、わたしにとって遠い存在でした。でもいま、あなたは最後の遠征隊が戻ってくる前よりも遠い存在ではなく、遠征隊の出発前より遠い存在でもありません。新聞があなたについて書くことに、興味はありません。あなたはわたしの心のなかにとどまっていますし、わたしはあなたに期待をかけ続け、あなたを信じ、あなたを愛し、あなたのオルガであり続けます。

一九一四年八月八日

愛しい人、

ドイツがロシアに、それからフランスに宣戦布告しました。するとイギリスも、ドイツに宣戦布告しました。

第四十一部隊が出征し、わたしは子どもたちとティルジットに見送りに行きました。音楽が奏でられ、花が飾られて、男たちは帽子を振り、若い女性たちが兵士たちに抱きしめられて、列車まで彼らを送っていました。列車には「パリまで遠足」「一突きごとに一人のフランス人を」という横断幕が掲げられていました。

この村では、戦争に感激している人はいません。一人が召集されるだけでも農場や家族にとっては痛手です。数少ない志願者は、父親から下男以下の扱いを受けてきた若い男たちです。一人がわたしにお別れを言いに来てくれました。戦争は怖いけれど、父親はもっと恐ろしいのです。戦争は都会人のためのもので、農民向きではありません。子ども向きでもありません。小さい子や弱い子はセルビア人やイギリス人の役をしなくてはなりません。ほかの子たちが突撃していって、「セルビア人はくたばれ」「イギリス人は呪われろ」と叫びます。ロシア人が進軍してくることも、農民は恐れています。蓄えを奪われるのではないかと不安がっているのです。ところが都会の人たちは、近隣に駐留していたロシアの「タウロッゲン」守備隊を、「ホテル・ド・ルシー」の客として心地よく思い出しているのです。

あなたのことを想像しています。あなたは自分の連隊に戻ることをためらわないでしょう。ほんの一瞬の無分別のなかで、わたしはあなたが北東島で安全に守られていることを喜んでしまいました。

あなたのオルガより

一九一四年九月十三日

愛しい人、

昨日、我が軍がロシア軍を撃退しました。ロシア人たちは八月二十六日からティルジットを占領していたのです。歩兵隊とコサック兵たちで、関係はうまくいっていました。一度、一隊のコサック兵が村に現れました。子どもたちから感嘆のまなざしで見つめられ、村長にビールを振舞われましたが、すぐにいなくなってしまいました。農民たちは妻や娘や女中たちを地下室や納屋に隠しましたが、コサック兵は女を求めたわけではありませんでした。

あなたが戻る望みがないことはわかっています。でもわたしは一年前からあなたに手紙を書いていますし、今日あなたからの返事がないのもいつもと同じです。何も変わってはいません。あなたは手が届かないところにいますが、これまでもそうでした。あなたを目の前に思い浮かべます。厚着で着ぶくれして、顔はコートやフードの毛皮の裏地で囲まれています。スキーを履き、拳に丸めた両手をストックで支え、肩には革紐を掛けて橇を引いています。あなたはこの姿で雪や氷のなかにいる人物となりました。はるか遠くの、白くて寒い場所で。もしあなたが近くにいたとしても、わたしに温められるかどうか、わかりません。あなたはわたしから遠ざかってしまいました。でも、わたしにとって、死んだわけではありません。

わたしはときおり、アイクにあなたの旅の話をします。あなたがくれた手紙を読み聞かせ、あちこちをちょっとだけ脚色します。あなたはアイクの目には、偉大な冒険家なのです。アイクはあなたのことを覚えていますし、わたしがアイクに「あんたはヘルベルトと同じくらい勇敢で力強いのね」と言ってやると、得意そうにしています。彼に警告しなければいけません。あなたが我を忘れたように、彼が自分を見失うことを、わたしは望まないのです。でも、思い切って警告することができません。一緒に座り、話をしてやると、アイクの目は輝きます。どきどきするような箇所で話を中断すると、彼は明日や明後日まで続きを待つことはできず、わたしの両手をとって続きをせがみます。それは、親密な瞬間です。

元気でいてね、ヘルベルト。どこで、どうしていようとも。わたしはあなたを愛しています。

あなたのオルガより

一九一四年十一月十一日

愛しい人、

毎日のように戦争のニュースが届きます。それが勝利の報告だと、鐘が鳴り、旗が翻ります。村から出征したうちの二人が戦死しました。ニュースを聞くたびに、毎日の戦争や勝利が生み出す犠牲者のことを考えずにはいられません。

今日は、昨日ランゲマルク付近でフランス軍に立ち向かった若い連隊のことが新聞に出ていました。「ドイツ人の歌」を口ずさみ、敵の砲火をものともせずに、彼らは丘に押し寄せ、フランス人の陣地を奪ったのです。青春の華が集中砲火に散った、と書かれていました。しかし、若者たちを思う我々の誇りは、彼らの死を思う痛みを吹き消すほどである、と。

斃れていく若者のなかに、あなたの姿が見えます。灰緑色の軍服を着、灰緑色のカバーを掛けた滑稽なピッケルヘルメットを頭に載せて、あなたが走っていくのが。背嚢を背負い、銃剣を装着した武器を手に持って。茶色のはずの背嚢も灰色になっていて、あなたの顔も両手も、草も木々も空も、すべてが灰色です。斜面を登っていくのですが、あなたは走って倒れ、また起き上がって走ります。わたしには、あなたがつまずいて転んだのか、弾に当たって倒れたのかわかりません。また起き上がれたから走っているのか、死んだのにもかかわらず走っているのかも。あなたの周りには他の兵士たちがいます。彼らも走り、倒れますが、彼らは起き上がりませんし、また走り出すこともありません。あなただけが起き上がって走り続けますが、頂上に到達することはありません。あなたは斜面にいて、走っても走ってもどこにも着きません。フランス軍の陣地にも、死に神の腕のなかにも。

まるで夢のなかのようにあなたの姿を見、それがこれから幾晩も、くりかえし見ることになる夢であることもわかっています。あなたが戻ってくるまで。戦争が終わるまで。北極にいるあなたの姿を夢に見たことはありません。氷と雪に囲まれているあなたの姿を想像しようとしましたが、それがほんとうにうまくいったことはありませんでした。覚めていても、眠っているときにも。ときどき、車や列車や船で出発するあなたの姿を夢に見ました。あなたはプラットフォームや船のデッキに立っていて、わたしの方を向いていますが、手は振りません。ただこちらを見ているだけで、どんどん離れていき、小さくなります。この別れの夢を見るたびに、わたしは悲しい気持ちで目覚め、同時に、どんどん小さくなっていくあなたの姿が愛おしくてたまりませんでした。

夜、わたしの夢のなかで斜面を駆け上がっているときも、あなたは歌わないでしょう。誰も歌いません。たくさんの死者、死んでいく者たちがいるなかで、その場所は静まりかえっています。

あなたのオルガより

一九一四年　クリスマス

愛しい人、

去年、あなたはクリスマス前に戻ると言っていました。今年は、兵士たちがクリスマス前に家に戻るから、と出征していきました。あなたたち男は、信用がなりません。

クリスマスには雨が降り、ぬかるみだらけでした。雪も、青い空もありませんでした。でも教会には飾り付けがされましたし、わたしは聖歌隊と、クリスマスを祝う賛美歌を歌いました。教会があれほど人で一杯になったのは初めてです。ふだんなら家にいるはずの老人も病人も、戦時中のクリスマスを他の人々と一緒に教会で祝おうとしました。外で狼が吠えているとき、羊たちがひとかたまりになるように。この間に、喪章を付けている家族は四つに増えました。牧師がドイツ軍の武器に神の祝福を願ったとき、みんなは驚いて息を飲みました。

わたしはときおり、あなたは北東島にとどまったのではなくて、スキーと橇を使って、夏に船が航行可能な場所を調査するために北東航路への道を辿ったのではないかと想像したりします。北シベリアに到達し、そこで冬と春のあいだ原住民に保護してもらって、夏になってモスクワ経由でベルリンに戻ろうとしたとき、最初に出会ったロシアの役人から戦争のことを聞かされたのではないか、と。そして、収監されるのを恐れて、戦争や平和のことは気にしないシベリアの原住民のところまで逃げ帰ったのではないでしょうか。あなたはそこにいて、わたしに手紙が書けないでいるのです。でもあなたは生きていて、戦争が終わり次第、急いでわたしのところに戻ってくるのです。

今年の初めには、なんてたくさんの計画を立てていたことでしょう！　ザンネとわたしはジャムを作ってお金を稼ぎ、わたしは自転車を買いました。でも狐がニワトリを襲ったので、山羊を飼う勇気はなくなりました。ピアノを買うお金が貯まるのは再来年になりそうです。そしてダンテの『神曲』は、「地獄篇」から始まります。苦しみや痛み、死について、わたしは読みたくありません。そもそも読書をしたくありません。朗らかな本も、悲しい本と同じくらい、わたしを悲しい気持ちにします。

シベリアを想像するたびに出てくるあなた、愛の夢でもあり悪夢でもある人、狂って、迷って、凍死し、戦死した夫、わたしの息子の役立たずの父、あらゆる理性に反するわたしの希望、愛する人。わたしはあなたから離れられないし、離れたくありません。わたしのものでいてください。わたしが、あなたのものであり続けるように。

オルガ

一九一五年七月十一日

ヘルベルト、

この夏の戦闘は、わたしたちがこれまで戦争に関して見聞きしたすべてのことよりも、ひどいものでした。戦死者の数は発表されていませんが、同僚の一人がスウェーデンからの情報で聞いたところでは、何十万人にもなるそうです。喪服を着た女性を見かけることが、ますます増えてきました。負傷兵も多く見かけます。その人たちの大部分にとっては、戦争は終わったも同然です。ザンネは、夫が戻ってきたので喜んでいます。彼は片腕を失いましたが、ザンネは「腕なんか必要ない」と言っています。夫がさらに多くのものを失ったのを認めようとはしません。彼は、戦争の悲惨さについては話しませんが、その体験は顔に刻まれています。

戦争が、わたしと同世代の男たちを消していきます。わたしや女性の同僚たちと集まっていた、あの若い男の先生も戦死しました。女性用の自転車を相続して、わたしに売ってくれた人です。あなたが戻らないなら彼と一緒になろうか、と考えたことがありました。何の約束もしませんでしたが、目と目で見交わしたのです。ひょっとしたら彼のまなざしのなかに、彼が実際に思っている以上のことを読みとろうとしたのかもしれません。でもそれは、わたしの人生はまだ終わっていないんだと考えるには充分でした。もちろん仕事は続きます。学校、教会。毎年、新しい生徒たちが入ってきます。でもわたしはあなたの、そして若い同僚の未亡人であるだけではなく、この世代全体の未亡人なのです。

あなたは消されてしまう世代に属しています。あなたが死んだことを、わたしは理解し始めました。あなたは遠くにいるだけではなく、手の届かない存在です。ほんとうに死んでいて、あなたが身近に感じられるとき、それはわたしの思い出や憧れの産物でしかありません。あなたは以前と同じく、いまも身近にいます。だからこそ、わたしは自分に、あなたが死んだことを言い聞かせなければなりません。この現実とともに生きていくことを、学ばなければいけないのです。

あなたに、この夏について書かないことを学ばなければいけません。暑すぎた六月について、寒すぎる七月について。農場で働いているロシア人捕虜について。彼らは農場や家畜小屋以外の場所でも、農夫の代わりをすることがあります。世界の箍《たが》が外れていくことに気づいている子どもたちについて。勝利が平和をもたらさないこと。死に神という代父が名付け親のように家族のなかに居座っていること。祖国、英雄としての死、名誉、忠誠というものが言葉にすぎないこと。子どもたちは、そうした事柄にも気づいています。あなたに自分の生活について書かないことを、わたしは学ばねばなりません。でもどっちみち、手紙を書くことはどんどん少なくなってきました。わたし自身ではなく、わたしのなかの何かが、とっくに理解し始めていたのです。あなたが死んだことを。

オルガ

一九一五年十月九日

数日前に祖母が亡くなりました。ずっと病気だったので、こちらで一緒に住んで介護することを申し出ました。でも祖母は、自分のベッドで死にたがったのです。あるいは、そばにいてほしくなかったのかもしれません。祖母はわたしを育ててくれましたが、心からわたしを受け入れるということはありませんでした。わたしが失望の種か、何か不愉快な思い出でもあるかのようでした。

わたしが到着したのは、祖母が亡くなったあとでした。祖母は蓋を開けた棺に入れられて、寒い教会堂のなかに横たわっていました。わたしは毛布と椅子を持ってきて、彼女の横に座りました。暗くなってからは、一本のろうそくに火を灯しました。

祖母の目と口は、きちんと閉じられていませんでした。単に両目が開いているというだけでなく、死に神の顔を見て恐れと恐怖に駆られたかのような表情でした。口も、歯のない口蓋を剝き出しにして、叫んでいるようでした。教会のなかはとても静かで、毛布を棺の上に掛けるまで、わたしの耳には叫び声が聞こえ続けました。

しかし、祖母はわたしのそばに居続けました。子どものころにいつも感じていた、わたしを拒絶する気配を感じました。祖母はときにはわたしを殴り、ときには怒鳴りつけました。でも、そうしたことを何もしないときでも、ぶっきらぼうに話しているわけではないときにも、彼女の拒絶は空中に、匂いのように浮かんでいました。わたしは教会に座り、またこの懐かしい、憎らしい匂いを嗅いだのです。

以前は、どこからこの拒絶が来るのかと頭を悩ませていました。すべてのことを祖母に気に入られるようにやろうと努力もしてみました。でも、状況を変えることができなかったので傷つきましたし、何も落ち度のないわたしを祖母が罰したときには憤慨しました。いまとなっては、ただ悲しいだけです。アイクのことを考えました。祖母にとって、わたしという幼い女の子が育っていくのを見るのは楽しいことであり得たはずなのに。わたしにとっても、年配の女性に見守ってもらえるのは素晴らしいことだったでしょう。祖母がそうさせてくれるのであれば、わたしは祖母を愛したかった。愛されるというのは、何という幸福であり得たでしょう！

「そして愛することは、神々よ、何という幸福か」とゲーテも書いています。彼は愛する幸福を、愛される幸福よりも上に置いています。愛されているという保証のうちに生きている人は、そんな詩が書けるのです。わたしにはそんな保証はありませんでした。いままでに一度も。

ときどき、わたしは愛なしに育った自分自身を哀れみました。あなたのことでも、どうにかこうにか愛をまっとうできているだけです。でもいま、戦死した何千人もの兵士のことを考え、彼らの生きられなかった生、まっとうできなかった愛を思うと、自己憐憫など吹き消されてしまいます。悲しみだけが残るのです。

わたしは棺の横に座って泣き始め、泣き止むことができませんでした。あり得たかもしれないのに成就しなかったすべてのこと、祖母とわたしのこと、あなたとわたしのこと、兵士たちと妻や子どものこと――どうやって耐えたらいいのでしょうか？　何を喜んだらいいのでしょうか？

この夜、あなたはあらためて死にました。何度目かはわかりません。あなたの死に直面して、すべてがこれほど空虚に思えたことはありませんでした。

しばらくの後、わたしは立ち上がり、教会のなかを歩き回りました。何度も練習し、演奏したオルガンの前に座りました。勉強したり編み物をしたり、あなたと寝たりもした桟敷席に座りました。わたしは座り、泣いていました。思い出が胸を締めつけましたが、それでもやめられずに思い出を次から次へと呼び起こし、自分の隣にあなたを感じ、あなたの不在を寂しく思いました。

外が明るくなってから、わたしは出ていきました。野原を越えて、森の外れのわたしたちの場所に行きました。何も変わってはいませんでした。わたしはそこに立って眺め、何かを待っていましたが、自分が何を待っているのかわかりませんでした。太陽が昇るのを見、最初の木の梢が照らされ、それから木々、そして野原が輝くのを見ました。それは素晴らしい見物でした。

あなたの、いつまでもあなたの、オルガより。

どれほどあなたのものか、なんて訊かないでください。

一九一五年十二月三十一日

最愛の人、これがあなたに書く最後の手紙です。あなたに別れを告げたいと思います。新しい年は、あなたなしで始めます。もう、自分の周りや自分のなかに、あなたがいてほしくありません。あなたは死にました。もうずっと前に死んだのに、わたしはいまだにあなたと話しています。話していると目の前にあなたが見え、声が聞こえます。あなたは答えてはくれないけど、笑ったり、不満げに文句を言ったり、同意するように呟いたりします。あなたはそこにいるのです。腕や足を一本失った兵士たちの幻肢痛について、耳にしたことがあります。腕や足はもうないのに、まだそこにあるかのように痛むのです。あなたはいないのに、まだそこにいるかのようにわたしの胸を痛ませます。

あなたがまだ生きていたときに愛したように、死んでしまってからも愛することができれば——あなたはずっと幻だったのですか？　わたしは自分が作ったあなたのイメージを愛していたのですか？　あなたが生きていようが死んでいようが関係のないイメージ？

あなたをわたしの人生から追い出すつもりはありません。あなたはわたしの心のなかで一つの場所を占めています。そこはあなたの、あなただけの神殿です。わたしはときおりそこに佇み、あなたのことを考えます。でも、その神殿を閉ざし、そこに背を向けることも可能でなければなりません。そうでないと、あまりに辛いのです。

わたしたちが最初に愛し合ったときのことを覚えてる？　一緒に散歩しようとしたけれど、森の端のあの場所までしか行けませんでした。そこはわたしたちがいつも会い、話をし、勉強した場所、そして、わたしたちが互いのものであると気づいた場所です。わたしたちは立ち止まって抱き合い、草のなかに横になりました。すべてが当たり前のように起こったけれど、驚くべきことでもありました。わたしたちは信じられないほど幸せでした。それから夕方になって、あなたの上司、友人の父親でもある人が農場にお客に来るので、あなたは帰らなければなりませんでした。わたしはあなたを見送り、あなたは一度振り返って、わたしの方を見ました。でもそのあと、行ってしまいました。
行きなさい、最愛の人、もう一度振り返ってくれてもいいけれど、でも行きなさい。

オルガより

一九三六年七月二十七日

アイクのことです。ベルリンオリンピックが見たい、と手紙を書いてきました。イタリアではもう充分長く働いたので、そろそろまたドイツで暮らすことにしたいそうです。先週から今週にかけてザンネのところに戻ってきていて、週末にはわたしを訪ねてきました。そして、今日ベルリンに向けて旅立ちました。オリンピックを見るのでしょう。これからはドイツにとどまるのでしょう。ナチ党に入って、親衛隊に所属する予定だということを、アイクはティルジットの駅で別れるときになって初めて言い出しました。列車の窓から身を乗り出して、些末なことを思いついたので急いで伝えるとでもいうような振りをしていたのです。

あなたたち男というものは、なんて臆病なんでしょう！　あなたは冬中戻ってこないということをわたしに伝える勇気がありませんでしたし、アイクは自分の政治的迷妄について、わたしと話す勇気がありません。二人とも、わたしがあなたたちと言い争うだろうとわかっていて、それに耐えられなかったんです。雪や氷、武器や戦争——あなたたち男は、そういったものなら扱えると思っているけれど、一人の女の質問には耐えられないのです。

この何年か、あなたが生きていたらこの状況を見てどうするだろうかと自問してきました。ナチスは植民地や北極に対する夢を持っているようには見えません。ひょっとしたらそれが、あなたをナチスから遠ざけるでしょう。でもナチスの話は大きすぎます。大きすぎる話がされるところでは、空中楼閣が建てられるかもしれません。ひょっとしたらあなたは、植民地や北極の夢を見ることを、ナチスに教えようとするかもしれません。

アイクのこともあなたのことも、苦々しく思っています。彼はあなたの骨と肉を受け継いでいます。あなたと同じくらい愚かで臆病なのです。あなたと同じくらい愛らしくなることもできます。でも、愛らしさは愚かさや臆病さに打ち勝てないのです。

オルガより

一九三六年七月二十九日

最初の手紙に続いてすぐに二通目が届く――前にもそんなことがありましたね。でもこの手紙は最初の手紙に書いたことを撤回するものではありませんし、あなたはあの手紙だけではなく、両方とも読むべきです。アイクの報告があまりにも衝撃的だったので、あなたに書かずにはいられなかったのです。夫であり、アイクの父であるあなたに。アイクはわたしの息子であると同時にあなたの息子ですが、あなたよりはわたしの息子だと言えます。アイクの手紙がそのことを思い出させてわたしを恥じ入らせたのです。アイクはまだベルリンへの列車に乗っているうちに手紙を書き、自分を正当化したのです。彼に冒険や遠くへの旅立ち、広大な場所での生活の喜びを教えたのはわたしだ、と言うのです。自分はそれを探し、見つけたのだ、と。ドイツには植民地は必要ない。ドイツの生存圏がメーメル川からウラル山脈まで広がっているから。そこに自分の世代のための冒険が待っているし、そこに自分は旅立って、移住するつもりだ、と。

あなたを責めるのではなく、わたしは自分を責めています。アイクは戦争のあと、高校生として長いことわたしの家で暮らしていました。わたしがもっとよく彼を教育すべきだったのです。

あなたについて、別の話をすべきでした。英雄としてではなく、悲劇的な騎士として。人に真似られるのではなく、人を真似ているうちに自分の人生を疎かにした人物として。あなたは自分の人生を生きる代わりにアムンゼンであろうとし、アムンゼンがダメならスコットになろうとしました。アイクもいま、自分のものではない人生を生きようとしています。氷と雪のなかで死ぬことはないかもしれませんが、戦争へと導かれるでしょう。

奇妙なことです。あなたは二十年前から変わっていません。あれ以来、あなたは年をとっていません。でもわたしは年をとり、それで充分のはずなのに、そうは思えません。孤独だから、あなたに手紙を書いているのかもしれません。ドイツはわたしにとって別の国になってしまいました。親しかった多くの人たちも、前とは変わっています。村でも、教会でも、聖歌隊でも。人種学を教えることをわたしが拒んだとき、前の教育長は心配そうに首を振りました。新しい教育長は、わたしに学校を辞めさせようとしています。

教会にも、もう行きたくありません。オルガン演奏と聖歌隊のために行くだけです。牧師は「ドイツキリスト者」（ナチズムと積極的に結合したキリスト教の一派）で、信仰の喜びを奪ってしまう人です。天国と地獄、死後の命について、どっちみちわたしは信じていません。ですからあなたも、わたしの心のなかだけにいます。わたしはそこに向かって挨拶を送ります。

あなたのオルガより

一九三九年十月十五日

ヘルベルト、愛しい人、

あなたに手紙を書いたのは三年前のことでしたね。その直後、わたしは病気になり、それ以来、耳が聞こえません。学校は退職となり、ブレスラウで聾学校に通ってから、縫い物で生計を立てています。きょうはアイクのことで手紙を書いています。

彼は数か月ごとにわたしを訪問し、愛情を示し、いろいろ心配してくれています。もしわたしが誇り高い人間でなければ、彼からのお金を受け取って、縫い物をやめていたかもしれません。どんな仕事をしているのか、アイクは話しませんでしたし、わたしも訊きませんでした。でも一番最近の訪問で、彼は虚栄心に駆られて、思わず仕事のことをしゃべってしまったのです。アイクは国家保安本部で働いています。二年前に保安警察の仕事を始めて出世し、去年も今年も昇進したそうです。

国家保安本部の地下室では、囚人が拷問されています。わたしはそのことを知っていますし、誰だって知っています。アイクは、それは仕方のないことだ、それが理解できないのは、そもそもこの新時代が理解できてないからだ、と言いました。

わたしにはむしろ、この新時代がよくわかりすぎるのです。実は古い時代と同じなのですが、今回はドイツはもっと大きくなるべきで、もっと多くの敵を作り、もっと多く勝利せねばならないと主張されています。叫び声はさらに大きくなり、耳の聞こえないわたしにさえ聞こえるようです。

わたしは血と大地とドイツの運命についてのアイクの長談義を我慢して聞きました。彼が建物の上階でデスクに向かって座り、その地下で拷問が行われていることに、わたしは我慢できません。アイクは地下に行くことがあるのかしら？

もう会いたくない、とアイクに手紙を書きました。彼がすぐにやってきたので、思っていることを全部伝えましたが、強情な顔をしてわたしの前に座っているだけでした。アイクは学校の子どもたちを思い出させました。彼らが卑劣なことをしたので注意したとき、わたしが正しいことをわかっていながら、卑劣な行為が止められない、そんなときの子どもたちです。ことがそれほど重要でなければ、アイクの子どもっぽい頑固さはわたしを感動させたかもしれません。

あなたなしで生きることを学んだわたしは、アイクなしで生きることをも学ぼうとしています。心が痛みます。

オルガより

一九五六年四月一日

ヘルベルト、

アイクが生きていることを伝えたいと思います。去年、ソ連の収容所を解放されたのです。最後まで収容されていた一万人の捕虜のうちの一人でした。

彼はわたしに手紙を書き、訪ねてきました。手紙は愚痴っぽく、訪問の際の彼は自己正当化ばかりしていました。アイクと再会したとき、体はひからびたようになって顔もやせこけ、白髪でした。気の毒に思い、彼を抱擁しました。それから話をしたのですが、彼は自分とドイツに対する不当な扱いについてばかり話したがりました。アイクはわたしにとっては見知らぬ人間、戦争前よりももっと知らない人間になっていました。彼には息子が一人いて、もうすぐもう一人生まれるそうです。奥さんが妊娠中で、わたしは彼女と知り合いになりたいと思いましたが、彼の子どもの教育や、家族の問題に口出ししないという条件でないと、会わせてくれないそうです。わたしなんかいなくてもいい、どっちみち十五年間わたしなしでやってきたのだから、とのことです。以前、わたしが彼と話したときのような口のきき方はもう許さない、と言っています。

アイクはもう、わたしに会おうとはしないでしょう。わたしから会いに行くつもりもありません。わたしはずっと一人ぼっちでしたし、一人に慣れています。いま縫い物を引き受けているお宅で、わたしは末っ子の男の子とちょっぴり仲良しになりました。フェルディナントという名前で、彼を見るとあなたのことやアイクの幼いころを思い出します。わたしはフェルディナントに、あなたの冒険の話をしています。でも彼が人生は冒険だなどと思わないように、気をつけています。

人なつっこいフェルディナントは現代を生きています。孤独なわたしは過去を生きています。わたしはよくあなたのことを考えますが、一緒に過ごしたあの時代のことは、もしお互いに年をとっていたら、これほど身近に考えられなかったかもしれません。でも、一緒にあの時代を思い出すことができていたらよかったでしょうね。家の前でベンチに座って、あなたが何かを思い出し、わたしがそれについてさらに何かを思い出し、それから今度はわたしが別のことを思い出して、あなたが話を続けるのです。

日々の家事をしながら、よくあなたのことを考えます。すると、わたしはあなたと話すのです。それは、自分と話すよりもいいことです。

あなたはわたしの伴侶です。早い時期にそうなって、ずっと伴侶であり続けました。わたしはあなたに腹を立て、あなたと喧嘩しますが、だからこそあなたはわたしのパートナーで、そのことを嬉しく思います。

あなたのオルガより

一九七一年七月四日

ヘルベルト、わたしの愛しい忠実な伴侶、

自分たちの名前を冠さない作品を作っているアーティストたちについて読みました。誰も彼らの作品だと認識せず、ひょっとしたら誰も見たり聞いたりすることのない作品です。彼らは山のなかの岩に小川が穿った窪みを見つけ、その底に、小石で作った飾りを置くのです。あるいは風に吹きさらされた岩場にちょうど小さなガラスの笛が一つか二つ、もしくは三つ入るような裂け目を見つけ、風に音を、または和音を、奏でさせているのです。浜辺が干潮のとき、砂に模様を描きますが、数時間後には満潮がそれを壊してしまいます。それとも壊すのではなく、どこかに運んでいくのかしら?

二、三週間前、わたしのアパートのバルコニーから見える給水塔が爆破されました。高層ビルと同じくらいの高さがあり、給水タンクの丸みに向かってほっそりと伸びていました。外壁は煉瓦でできていて、丸みの上にはアーチ型の屋根があり、その上の小さな塔に、もう一つアーチ型の屋根がついていました。屋根は二つとも粘板岩でした。美しい建物でした。でも、もう必要ないのだそうです。

爆破が計画されていると新聞で読み、その準備が始まったとき、わたしは現場に行って爆破の責任者と話しました。老女に対しては邪険にできないものです。爆破の責任者はわたしに、どうやって塔を崩壊させるか、説明してくれました。塔は倒れるのではなく、内部に崩れて埃を巻き起こすけれど、近隣に被害を与えることはないそうです。その翌日も、爆破の当日も、現場に行きました。爆破責任者も労働者たちもわたしを見知っていて、こちらが関心を持つことを歓迎していたので、ダイナマイトの筒が入った状態で開いている箱のそばをわたしが通ったときにも疑念を抱きませんでした。こうしてわたしはダイナマイトを三本手に入れました。着火用の紐は、木綿糸にライターのオイルを浸せば作れます。必要なものはすべて揃いました。

ビスマルク像を爆破しようと思います。ビスマルクがすべてを始めたのです。あなたはいいことだと思っていましたが、ビスマルクは間違っていました。像が爆破されれば、人々もそれについて考えるかもしれません。でも、像の代わりに破片や瓦礫が残ったとしても、誰も気にしないかもしれません。山の小川の装飾や、山で鳴り響く和音や浜辺の砂の模様を、誰も認知しないのと同じように。物事は美しかったり真実であったりするために、認知される必要はありません。人間の行動もそうです。

あなた以外の誰と、このことを分かち合えるでしょう？　フェルディナントはいい子ですし、わたしは彼が好きですが、ちょっと退屈なんです。あの人たちはみんなそうです。彼らはいつも、道徳的な判断を用意しています。過去についても、現在についても。そして、守られていて、道徳的であるために犠牲を払う必要もないのに、自分たちを勇敢だと思って威張りくさっているのです。わたしは、フェルディナントがあなたやアイクよりもいい人生を生きることを願いました。でも彼の世代も、大きすぎる願望を持っています。

ダイナマイトを盗んで銅像を破壊するなんてことが、わたしにできるとは思っていなかったでしょ？　わたしのやってることは気違い沙汰だと思う？　わたしが常軌を逸したことをしたら、あなたは気違い沙汰を起こす人がもはや自分だけではないのを喜ぶかしら？　いつ実行するかはわかりません。でもそれをやると決めてから、調子がいいんです。

わたしはあなたの近くにいます。

あなたのオルガより

ぼくは手紙を手にして座り、オルガの姿を思い浮かべていた。年をとっても背中をぴんと伸ばした姿、暗い空の下、街灯の明かりのなかをゆっくりと進んでいく様子。カバンにダイナマイトを入れ、着火用の紐とマッチを腕に抱えて、銅像のそばで準備をしている。周囲の静寂を感じ、オルガの独り言や控えめな鼻歌を聴く。調子外れだ。

ぼくはオルガを誇りに思った。一人の人間が生きた生と、その人が行う突拍子もない行動が、メロディーと対位法のように調和するのであれば、幸せなことではないか！　その二つが調和するだけでなく、人間が自らそれをつなぎ合わせるのだとすれば！

オルガの人生のメロディーは、ヘルベルトへの愛と、彼への抵抗だった。充足と失望だ。ヘルベルトの気違いじみた行動に抵抗した後の常軌を逸した振る舞い、静かな人生の最後に大きな衝撃——彼女は自分の人生のメロディーに、対位旋律を置いたのだ。

オルガの最後の手紙が、当初ぼくの気分を害したことを隠すつもりはない。ぼくが退屈だって？　でも、ぼくと一緒にいて退屈、とは彼女は書かなかった。ぼくの守られた生活について書いていたが、守られていたことは自分でもわかっている。ひょっとしたら守られすぎていたかもしれないが、考えても意味のないことだ。

これが物語の最後だ。ぼくはこれでオルガと別れるのではない。決して彼女に別れを告げることはない。アーデルハイトが来たら、一緒に故郷の町へ行き、山の墓地にあるオルガの墓を訪ねるだろう。もちろんいまでは、彼女がオルガの孫だから、祖母を思い出させたのだとわかっている。アーデルハイトの顔のなかでオルガに出会えるのは、なんてすてきなことだろう！

訳者あとがき

二〇一八年にドイツで出版された『オルガ』は、発売後すぐに話題になり、ベストセラーリストにも登場した。『朗読者』で知られるベルンハルト・シュリンクの最新作で、歴史好きな著者らしく、十九世紀末から二十一世紀までの時代を駆け抜ける小説である。主人公のオルガ・リンケは幼くして両親を亡くし、当時のドイツ帝国の東北部に当たるポンメルン地方の農村で祖母に育てられる。教育を受けて経済的に自立することを望み、祖母の反対を押し切って女子師範学校に進む。小説はこのオルガの波乱の人生と、ポンメルン地方の農村で彼女と親しくなった農場主の息子ヘルベルトの運命を中心に展開していく。時代はまさに、ドイツが遅れてきた帝国として急速に近代化を進め、ヨーロッパ列強と肩を並べ、植民地獲得に乗り出したころ。領土拡張と二度にわたる世界大戦は、人々の生活を激しく翻弄する。

この小説では、数々の困難に耐えて生き延びるオルガの逞しさが印象に残る。しかも、戦争が終わった時点でオルガの人生が終わるわけではない。彼女は流れ着いた西ドイツの町で自分の暮らしを再建し、人生の最後に途方もない計画を立てる……。このオルガの描き方が、大変興味深い。そもそもシュリンクの小説には、これまでにも印象的なヒロインが登場してきた。人に言えない過去を持つ、『朗読者』のハンナ。三人の男たちの求愛から逃れ、人知れずオーストラリアで暮らす、『階段を下りる女』のイレーネ。『朗読者』を翻訳したときには、主人公ミヒャエルから見た彼女の様子はさまざまに語られるのに、ハンナ自身の肉声があまり聞こえてこないのが気になった。『階段を下りる女』のイレーネも、登場したときにはすでに高齢で、若いころの回想は専ら一人称の男性主人公によって語られる。そうした、シュリンクの長編に典型的な男性視点の語りに比べると、今回の『オルガ』には画期的といっていい変化が見られる。三部構成で、第一部では三人称でオルガの半生が語られ、第二部で語り手のフェルディナントが彼女との出会いを詳しく語り、第三部は彼が後に入手した三十通の手紙のなかで、オルガ自身が語っている。女性登場人物がこれほど自分自身について語る、というのはシュリンクでは珍しい。

労働者の娘で、財産も人脈もなく、自分の手で進路を切り開いていくオルガは、きわめて自覚的な、しっかりした女性である。帝国主義には当初から批判的で、社会民主党を支持し、性別や階層に拠らず人々が平等であるべきだと考えている。流されることのない、賢明でしかも情愛に富む女性。彼女の生き方を通して、さまざまなことを考えずにはいられなかった。特に最後の決断については、賛否両論あり得るだろう。最初にこの本を通読したときには結末に大変驚かされたが、何度もくりかえし読むうちに、わたし自身、少しずつ彼女の考えを理解するようになっていった（それでも、もしわたしが彼女の友人でこの計画を打ち明けられたら、やめさせようとするだろうけれど……）。

もう一人の主人公、ヘルベルトもとても興味深い人物だ。当初は彼の人生すべてがフィクションと思って読んでいたのだが、翻訳を始めてから、ヘルベルト・シュレーダーという同名のモデルがいることを知った。シュリンクは第一部で、実在のヘルベルト・シュレーダーが書いた詩を引用している。歴史上の人物であるヘルベルトは、一八八四年六月九日に、現在はポーランド領となっているシュトランツという村で生まれ、騎士農場で育っている。シュトランツには一九三九年の時点で六九〇人の村民がいたそうだ。ヘルベルトは自分の姓に出身地の地名を付け（そのことはこの小説のなかでも触れられている）、シュレーダー＝シュトランツと名乗っていたようだ。十九歳で近衛連隊に入り、一年後に南西アフリカに行ったことも小説とほぼ同じ。北東島を探査する計画を立て、遠征隊を率いて一九一二年に出発。最後に目撃されたのが八月十五日で、この日に船を降りて橇を引きながら島内での移動を試みたが、行方不明になってしまった（分厚い防寒服を着て犬を従えたヘルベルトの写真や、ピッケルヘルメットをかぶった軍服姿の写真をネット上で見ることができる）。行方不明になった年が、小説では史実と違って一年後の一九一三年になっていることは付け加えておく必要があるだろう。

植民地の必要性を説き、極地へのドイツ人の進出を訴えるヘルベルトは、いかにも帝国主義の思想に駆り立てられた人物のように見えるが、その冒険は読む者のロマンもかきたてる。オルガ自身が第三部の手紙のなかで書いているように、彼はもし極地に行っていなかったら、第一次世界大戦に出征していたのかもしれない。いずれにしても青春を奪われた世代、大きな危険にさらされ、運命を国家に左右された世代である。しかもオルガが心にかける少年アイクの方は（彼についても驚くべきことが第三部で打ち明けられるのだが）、ナチズムに影響され、第二次世界大戦に巻き込まれていく……。そのような男性たちに対するオルガの批判は一貫している。常に拡大や拡張を求め、無限の世界に憧れ、身の丈に合った世界では満足することができない彼らは、周囲の人を幸せにすることができない。シュリンクは彼らの運命を、ドイツという国の歴史に重ね合わせているようだ。オルガは戦後の西ドイツにおける学生運動のスローガンも批判する。彼女が生きていたらEUの拡大すらも批判するのではないか、とフェルディナントは夢想する。

出自も立場も性格も違う二人の主人公の人生を、シュリンクと年齢の近いフェルディナントという語り手が追っていくところに、これまでのシュリンク作品との共通点を見出すことができる。さらにこの作品では、祖母と孫ほど年齢の違うオルガとフェルディナントの交流がほほえましい。シュリンクは常に、読者に対して問いを投げかける作家だ。あなたがこの主人公ならどうするか。この選択肢について、あなたならどう判断するか。読み終わると、思わず誰かと語りたくなる。シュリンク自身がそれを目指して書いた小説なのだと感じさせられる。

昨年七十五歳の誕生日を迎えたシュリンクについては、誕生日前後にドイツ語圏で多くの新聞記事が出た。「シュリンクは不愉快な問いを投げかけることを恐れない」と、「ウィーン新聞」は書いている。「愛」「罪」「責任」がずっと彼の作品のテーマだった、ということも紹介されている。作品が五十もの言語に翻訳されている有名作家でありながら、「駅のキオスクで本が買われ、旅のお供として列車のなかで読まれたら嬉しい」と控えめに語る「謙虚な作家」という人物評もあった。写真で見るかぎり、まだまだ元気そうだ。これからもすばらしい作品が書かれることを期待したい。
この小説の翻訳にあたっては、最初から最後まで前田誠一さんに大変お世話になった。歴史や地理に関する訳注を丁寧にチェックして下さった校閲部の方にも感謝したい。ほんとうにありがとうございました。

松永美穂

二〇二〇年二月

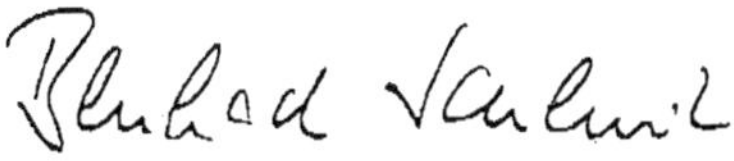

Olga
Bernhard Schlink

オルガ

著者
ベルンハルト・シュリンク
訳者
松永　美穂
発行
2020年4月25日

発行者　佐藤隆信
発行所　株式会社新潮社
〒162-8711 東京都新宿区矢来町71
電話 編集部 03-3266-5411
読者係 03-3266-5111
https://www.shinchosha.co.jp

印刷所
株式会社精興社
製本所
大口製本印刷株式会社

乱丁・落丁本は、ご面倒ですが小社読者係宛お送り下さい。
送料小社負担にてお取替えいたします。
価格はカバーに表示してあります。

ISBN978-4-10-590165-3 C0397

CREST BOOKS
Shinchosha

階段を下りる女

Die Frau auf der Treppe
Bernhard Schlink

ベルンハルト・シュリンク
松永美穂訳

名画とともに忽然と姿をくらませた謎の女。
消そうとして消せなかった彼女の過去とは?
40年の時間と一枚の絵が織りなす、
最果てのラブ・ストーリー。

CREST BOOKS